GISELA KRAFT
MADONNENSUITE

für
Tommy Neumann
im Herbst '98
in der Lausitz

herzlich

Gisela Kraft

GISELA KRAFT
MADONNENSUITE

ROMANTIKER
ROMAN

VERLAG FABER & FABER LEIPZIG

INHALTSVERZEICHNIS

Madonnenspiel 9

Freiberg, 24. Februar 1798

...

*Sie sollen mich gewiß künftigen Sommer nicht zu wenig sehn ...
Dann will ich Sie von der Besorgnis befreien, daß ich hier zu
lauter a+b werde. Ich bin vielmehr wahrhaft entschlossen, die
Mathematik künftig sehr verächtlich zu behandeln, weil sie
mich wie einen Abc-Schützen behandelt. Mit der Chymie ist
die Gefahr größer – jedoch hat mich meine alte Neigung zum
Absoluten auch diesmal glücklich aus dem Strudel der Empirie
gerettet, und ich schwebe jetzt und vielleicht auf immer in
lichtern, eigentümlichern Sphären. Beikommende Fragmente
werden Sie davon überzeugen – die meisten sind älteren
Ursprungs und nur abgekehrt. Ihr beiderseitiges Urteil mag sie
zum Feuer oder zum nassen Wege bestimmen – ich sage mich
gänzlich davon los. Hätten Sie Lust, öffentlichen Gebrauch
davon zu machen, so würde ich um die Unterschrift* NOVALIS
*bitten – welcher Name ein alter Geschlechtsname von mir ist
und nicht ganz unpassend ...*

MADONNENSPIEL

Dresden, 25. August 1798

In der Inneren Galerie – so geheißen, weil sie hufeisenförmig um den Innenhof angelegt ist und durch dessen Fenster Licht empfängt – hängt die reichhaltige italienische Sammlung. Ihr Prunkstück, die Sixtinische Madonna des Raffael, steht zeitweise, so auch an diesem Tag, auf einer Staffelei vor ihrem eigentlichen Platz im rechten Abschnitt der Stirnwand des Raumes, wo sie den Besucher, sobald er von der zum Marstall gelegenen Treppe her die Etage betritt, von weitem anblickt und zu sich lockt. Das gelegentliche Abhängen des Bildes geschieht um der zahlreichen Malschüler willen, die es kopieren wollen. An die Seite der Staffelei ist eine der Fahrleitern geschoben, welche gewöhnlich zur Betrachtung der höher angebrachten Stücke dienen. Hier soll sie das Studium der Antlitze von Madonna und Kind erleichtern. Staffelei und Leiter einerseits und Bildfront andererseits trennt eine in Höhe des oberen Paneelrandes umlaufende Schranke aus dünnen Eisenstangen. Vor der Sixtina verweilt eine Gruppe von sechs Personen:

Friedrich Schlegel, August Wilhelm Schlegel, Caroline Schlegel, Novalis, Friedrich Wilhelm Joseph Schelling, Johann Diederich Gries. Der Inspektor der Gemäldegalerie, Johann Anton Riedel, gibt die zur Einweisung der Gäste notwendigen Erklärungen.

... im übrigen bitte ich die Herrschaften zu berücksichtigen, daß der obere Teil der Leinwand zu etwa einem Fußbreit zurückgeschlagen und vom Rahmen verdeckt worden ist. Mein verstorbener Vater fand es heraus, als er das Gemälde, bald nach dessen Dresdner Erwerbung vor nunmehr vierundvierzig Jahren, reinigte sowie mit der von ihm selbst entwickelten Tinktur namens Arcanum überzog, welche ich mir erlaube, von Zeit zu Zeit wiederum aufzubringen. Bin ich doch meinem ehrwürdigen Vater seinerzeit nicht nur im Amte gefolgt, sondern treibe zugleich die von ihm so hochgeschätzte Malerei, so daß es die geringste Sohnespflicht scheint, Rezeptur samt Namen zu schützen und weiterzuverwenden. Bedenken die jungen Herrschaften das Alter des Bildes von nahezu dreihundert Jahren! Da sind wohl noch manche Geheimnisse unter den Wolken verborgen. Womöglich mag ich mit Hinweisen aushelfen, nachdem Sie höchstselbst sich für eine geruhsame Weile dem Wunder der Betrachtung werden hingegeben haben. Was den weggeklappten Streifen betrifft, so enthält er nichts Wesentliches, lediglich eine Stange mit Ringen, woran die zur Seite geschobenen Bahnen des grünen Vorhangs befestigt sind. Gebildeter Sinn verschmerzt derlei gewöhnliche Zutat. Bitte gütigst, mich zu entschuldigen.

Riedel enteilt. Die sechs verharren längere Zeit schweigend.

NOVALIS
Vielleicht kommt sie aus Zufall nur daher. Aus Licht, das keine Absicht hat. Und im Moment des Wunders farbgeschürzt, mit den Insignien Sophies versehen: Erdkohle-Augen.

FRIEDRICH
Du meinst die Madonna.

NOVALIS
Freilich. Wer außer der Mutter geht, im luftigen Haushalt.

FRIEDRICH

Den Wolkenort, besetzt mit Engeln und Heiligen, mit einem Gott dazu, nennst du Haushalt.

NOVALIS

Wie nicht. Sieh die Begrenzung. Wo nicht, stell sie dir vor. Den Vorhang, befestigt mit Ringen an einer Stange, die sich unter der Last weidlich durchbiegt. Zugegeben, die Stoffbahnen zur Seite gerafft, gepufft und gebändigt, nach Art der Gardinen protokollfeiner Säle oder sich pompös dünkender Wohnzimmer. Unten das Brett einer Fensterbank. Ablage für den Papsthut und die Ellenbogen der englischen Burschen.

FRIEDRICH

Nur daß die von draußen nach drinnen schauen.

NOVALIS

Wenn Wetter draußen ist, ja.

GRIES

Wo sonst.

NOVALIS

Mein Haus schließt seit langem den Himmel ein. Und daß er hält, vielleicht weil er gehalten wird wie hier das Kind, und von diesem selbst, wollen wir hoffen.

FRIEDRICH

Gut. Wenn du denn einerseits haarspaltest und andererseits ausfahrend wirst.

CAROLINE

Hört! Die beiden proben wieder den grammatischen Faltenwurf. Angesichts des gemalten.

AUGUST WILHELM

Es gibt einen Schrecken der Schönheit, welcher Novalis, mehr noch als Friedrich, ergriffen hat. Da scheint es billig, sich am Rahmen festzuhalten. Nicht weil einer das Bild nicht gebührend betrachten will, sondern weil es ihn zu erschlagen droht.

CAROLINE

Und du, Wilhelm? Ergriffen, oder bloß weise? Wie dem immer sei, der Not können wir forthelfen, indem wir gemeinsam hinsehen und jeder sein Teil abbekommt. Am Ende wird es unbeteiligt an der Wand hängen. Ein Bild, sonst nichts.

SCHELLING

Bild eines Bildes.

AUGUST WILHELM

Möglicherweise hat der Künstler bereits, mit Bedacht auf die Wirkung, den Rahmen per Leinwand gesichert, ohne sich auf die Zuarbeit der Tischler, Schnitzer und Lackierer zu verlassen.

NOVALIS

Wahrlich, Wilhelm, Sie sind nicht nur mir, sondern dem Raffael auf der Spur. Wer zu einem solchen Werk das Herz hat, muß sich selbst und alle Späteren vor ihm schützen. Was böte sich eher an, als die Vision der baren himmlischen Wirklichkeit ins Maß einer Aussicht aus einem gewöhnlichen Fenster zu bannen.

FRIEDRICH

So gewöhnlich nun auch wieder nicht. Aus Fenstern von gut zweieinhalb mal knappen zwei Metern schaut kein gewöhnlicher Bürger auf sein Zwiebelbeet. Im übrigen hast du recht, Freiherr.

CAROLINE

Nun fürchte ich aber um uns. Denn dank eurem Kunstverstand rückt uns die Beschränkung, in ihrem Zweck erkannt, aus dem Blick.

GRIES

Nicht ganz. Die Engel klemmen sie sich sozusagen unter die Arme, indem sie selbige darauf stützen. Diese Partie Holz können künftige Kunstfälscher, die Raffael zum Geist kastrieren und mit ihm stracks in den Himmel entweichen wollen, nicht abschneiden. So wahr ich Gries heiße.

AUGUST WILHELM

Ich berichtige mich. Mein Bruder Friedrich scheint der am tiefsten Verstörte. Nach Kenntnis seines Wesens dürfen wir gespannt sein, wie das, was ihm soeben Ernst und Schicklichkeit benimmt, in Kürze Funken der feinsinnigsten Analyse aus ihm herausschlagen wird.

FRIEDRICH

Gemach. Ehe einer auf Wolken tritt, seilt er sich fest.

SCHELLING

Des weiteren darf der Rahmen, der gezimmerte wie der gemalte, als Garderobe gelten, an welcher unsereins zunächst den Überzieher Verstand zurückzulassen hat. Analyse, wohlan. Doch ohne die Schraublehre der Logik.

CAROLINE

Noch seh ichs nicht, Schelling, daß die Logik hier passen soll – weil sie nicht passe. Daß Engel zu den Menschen aufschauen, ist so unlogisch nicht.

SCHELLING

Gewiß. Daß eine Mutter ihr Kind trägt, noch weniger. Überhaupt, die Figurengruppe dünkt mich durchaus auf ein alltägliches Bewußtsein berechnet. Des Betrachters, versteht sich. Sie schmeichelt ihm durch Gefälligkeit. Sie lupft es zart durch Attribute der Leichte: Flügelchen, Wölkchen, gebauschte Säume. Wehe aber dem zweiten Blick.

Nämlich?

Dem stürzt die Idylle wieder ein. Der zertrümmert das Fünfeck aus den sechs Köpfen und fällt in ein Tohuwabohu von sperrenden, widereinanderbewegten Gliedern und Stoffmengen.

Das bringt mich auf die Erklärung der krankhaften Ängstlichkeit: notorisch den zweiten Blick vor dem ersten tun.

Oder, noch bedauernswerter, Caroline: ein Lebtag den ersten Blick den letzten sein lassen. Die große Masse lebt so.

Zwar hat Freund Schelling auch ein Wort zu dem Schrecken der Schönheit verloren, den ich vordem erwähnte. Warum aber fallen wir gleich ins Allgemeine? Wie wenn Schelling mit Schauen fortführe.

Es sei. Ich sehe zwei Kreuze. Genauer, lateinische Kreuze: die für das Kruzifix gebräuchliche Form. Das eine, kleinere, steht aufrecht. Seine Querlinie mündet in die Stirnen hier der Barbara, dort des Sixtus. Die Hauptlinie führt von der Nasenwurzel der Madonna auf ihren rechten Fuß herab, mit welchem sie auftritt. Den Kreuzungspunkt bildet der schimmernde Hacken des Heilands. Das andere Kreuz weicht in der Senkrechten kaum vom ersteren ab, doch es steht auf dem Kopf. Seine Begrenzung ist mit dem Format des Bildes gegeben, sein Zentrum das vorgeschobene Knie der Madonna, inmitten nachtblauem Tuch. Die Achsen laufen seitlich durch die Ellenbogen beider Heiligen, unten durch den aufgestemmten Ellenbogen des größeren Engels, aufwärts nunmehr über das rechte Knie des Kindes und der

Mutter Antlitz zum Bildrand hinaus. Wobei der Schleier zu seinem höchsten Punkt gleichsam in leisem Winkel heraufgedrückt wird. Zwei Knie, drei Ellenbogen. Ein Gegenzeichen, falls jemand es wahrhaben will.

CAROLINE
Wer – gegen was?

SCHELLING
Das Manische gegen das Manierliche.

Während sie reden, wechseln die sechs öfter den Standort, somit auch die Entfernung zum Gemälde und den Blickwinkel, wodurch sie untereinander ebenfalls in verschiedene Positionen geraten. Nach Schellings letzter Antwort entsteht heftigere Bewegung.

FRIEDRICH
Ich muß widersprechen. Nicht, daß wir den Raffaello Santi nicht endlich dem Leumund bigotter Pinseligkeit entreißen und ihn etwa von der süßen Traube auf herbere sächsische Sorten umstellen sollten. Wurde doch nun einmal sein Herzstück aus dem italienischen Piacenca, dem Separée eines klösterlichen Betwinkels, ins rauhe weltliche Dresden verschleppt. Wie gern möcht ich dem Antiphilister Schelling folgen! wenn er denn exakt wäre. Sein Madonnenknie, Kreuzpunkt angeblicher Achsen der Finsterheit, leuchtet unterm Stoff, als sei das Licht des himmlischen Stratocumulus in ihm wiederholt und nach vorn getragen, weg von der Leinwand, uns ins Auge.

SCHELLING
Er spricht mir zu, Fred, nicht dawider. Denk er an das Auge der Wirbelstürme. Nach den Berichten Weitgereister ein Flecken heiterer Stille, umsaust vom Orkan. Doch jener wandert – nach vorn, wenn er will – und dieser bestimmt die Geschwindigkeit.

Madonna mia.

Ins Optische übertragen: Das Zentrum gesättigten Dunkels ist eine
Leere an Dunkel, id est Licht.

Sind Ihre Worte nicht ein wenig wild geworden, Schelling, angesichts der lautersten contenance zwischen Himmelsbürgern,
heiliggesprochenen oder von jeher heiligen.

Vielleicht kommt sie
 Aus Zufall bloß daher
 Aus Licht das keine
 Absicht hat und
 Im Moment des Wunders
 Farbgeschürzt mit
 Den Insignien
 Sophies versehen:
 Erdkohle-Augen

Parbleu. Wir wohnen dem Entwurf eines Gedichtes bei.

Nein. Bloß dem eines Selbstzweifels. Ich kann nichts deuten. Mir
ist, als hätte ichs gemalt. Und dennoch will ich eurem Disput
nicht ausweichen. Zumal der Hardenbergische Nerv und Natur-
sinn soeben auf das kräftigste gereizt wird. Licht! werter Schelling! ist in keiner Form eine Leere an Dunkel. Freilich, es gibt
ein passives Licht, jene allfällige Helligkeit, deren Quelle verloren scheint. Davon unterschieden, doch ungetrennt, das feu-
rige lebendige Licht, das einer deutlichen Mitte entströmt und
den Raum verwandelt. Beide Arten sind im Bild gegenwärtig.

Diffuse Helle sinkt vornehmlich von oben nach unten, wo der Mantelsaum der Madonna um ihre Füße herum einen Schatten zeichnet. Das andere, eigengewaltige Licht hat hinter ihrem Rücken seinen Ursprung. Es umstrahlt sie wie eine Mandorla. Ob wir nun gläubig oder aufgeklärt sind.

SCHELLING
Darf ich versuchen, Novalis, Sie und auch mich selbst zu besänftigen, indem ich die Grundübung unseres Lehrers Fichte anschlage. Licht als Antithese des Dunkels.

NOVALIS
Gewiß. Wo nicht umgekehrt.

SCHELLING
Licht die These schlechthin.

NOVALIS
Es sind zwei erste Schritte möglich.

GRIES
Beifall! Fichtes Selbstverständlichkeiten als Vademecum: zurück in die Ignoranz. Indessen geht Mariens Knie, wer weiß, wohin.

CAROLINE
Gries tut etwas grämlich, aber ich versteh ihn. Wenn Geister wie Novalis und Schelling einander zur Garderobe begleiten, um sich vom Wärter doch noch die Schraublehre der Logik herausgeben zu lassen, dann treten wir übrigen recht ratlos auf der Stelle.

SCHELLING
Bitte, Caroline! Das Denken soll so verläßlich werden wie ein chemischer Versuch, damit man ihm die sonderbarsten Befunde als Wirklichkeit abnimmt. Deshalb kann einer nicht gründlich genug seine Vorkehrungen zum Experiment überprüfen.

CAROLINE

Es ist rührend anzusehn, wie vor einem schönen Kunstwerk Ihr Temperament sich kasteit. Denken muß fliegen, denk ich. Schellings allemal.

AUGUST WILHELM

Ich meinerseits denke, das lösende Wort ist bereits gefallen. Und zwar in Novalis' hingemurmeltem poetischem Zweifel. Licht, das keine Absicht hat. Darin wären beide Lichter zur Synthese vereinigt: das verstreut scheinende und das zentrierte. Denn letzteres entströmt zwar einer sicheren Quelle, aber keinem gerichteten Willen. Eins im andern ist von absoluter Dynamik.

CAROLINE

Keinem Willen, Wilhelm? Willst du näher erklären, was du da nicht meinst?

AUGUST WILHELM

Keinem Gott, keiner Gottesperson, die eine Mühle dreht – und Licht stäubt heraus wie Mehl. Keinem Herrn im Himmel. Der Alte hat abgedankt. Der Himmel ist frei.

FRIEDRICH

Sag das nur nicht zu laut in Jena.

AUGUST WILHELM

Nichts gegen Religion. Die neue Religion ist die strengste je dagewesene. Sie sperrt dich in die offene Wahrheit, ohne Pförtner, ohne Pedell.

FRIEDRICH

Die Jenenser Clique siehts anders. Denen gelten Personalfragen alles, namentlich die irdischen.

AUGUST WILHELM
Wogegen einer Dresdner Blague der Mensch gleich gar nichts gilt.
Doch in der Inneren Galerie – zur Sache.

NOVALIS
Hier schirmt uns die Schönheit vorerst vor allerlei Wahrheiten ab.
Sogar vor der Schellingschen mit dem doppelten Boden. Wenn der
Fixpunkt seines Gegenkreuzes auf ebenjenem Lichte schwimmt,
das jenseits des Bildes entspringt und mild dessen Teile beleuch-
tend uns entgegenflutet, ist der Ausgang des Wettstreits, dank
Wilhelms Synthese, für diesmal entschieden. Schlag einer einen
Nagel ins Wasser. Schlag einen Thron auf in der Zeit.

GRIES
Halt. Hier schwimmt Hardenberg auf Novalis – auf und davon.
Wollten Sie sagen, daß ein Kreuz, dem das Merkmal der sta-
tionären Ruhe mangelt, kein Kreuz sei. Daß also das kleinere,
aufrechte Kreuz die Botschaft trage, während das mächtige, abwärts gerichtete die seine verfehlt. Weil der Hacken des Kindes,
spielerisch zwar, stillehält, das Knie der Mutter aber kräftig vor-
ausdrängt. Daß sich die Balken biegen. Die behauptetermaßen
daran festgemachten Balken des Gegenkreuzes. Das nenn ich:
übers Knie brechen.

NOVALIS
Sie haben mich halb verstanden.

GRIES
Und die restliche Hälfte?

NOVALIS
Kein Kreuz gewinnt vor einem anderen, sondern das Licht gegen
beide. Mit der Bewegung der Madonna wird es uns geradezu ins
Gemüt überführt.

FRIEDRICH

Pardon. Das hat nicht Novalis, das habe ich gesagt.

SCHELLING

Wollt ihr, wenn ihr mich widerlegt, euch tunlichst des Umstands entsinnen, daß ein Gemälde eine Fläche ist.

AUGUST WILHELM

Die Leinwand ist eine Fläche. Das Bild ein Raum. Nicht allein aus Gründen der Perspektive, welcher übrigens in diesem einiges zuwiderläuft. Dazu später.

CAROLINE

Später? Derweil wir uns so gelassen mit diversen Extremitäten beschäftigen, frage ich, ob wir jemals zum Herzen vordringen.

AUGUST WILHELM

Geduld, meine Liebe. Allein die Hände sind ein Kosmos für sich.

CAROLINE

Nun gut, daß wir Sommer haben. Sprich, ein paar weitere Stunden Tageslicht, ohne das jedwedes gemalte uns schlechthin zerronnen wäre.

AUGUST WILHELM

Wie so spöttisch, mein Weib. Ein Gemälde ist kein Diner, dessen Gänge eiligst auf- und wieder abgetragen werden.

FRIEDRICH

Im Gegenteil. Ein Gemälde ist ein Festmahl mit zahllosen Gängen, die einzeln, genußvoll verzehrt werden wollen. Hand aufs Herz, wer äße nicht gern italienisch.

CAROLINE

Wenn es euch schmeckt, und um an der Bildtafel eine Runde vor-
anzukommen, will ich den Part der Hände übernehmen. Da
meinen das Kochen für heute erlassen ist.

ALLE ÜBRIGEN

Bravo!

CAROLINE

Vorausbemerkt: Wiewohl ein Mensch zwei Hände besitzt, sind im
Bilde, bei sechs Personen, nur elf sichtbar. Die Heilige Barbara
streckt ihre rechte ins Jenseits des Hintergrundes. Wie der Sitz
des Ärmels verrät: nach hinten unten, ob auswärts, ob wieder an
den Leib gezogen. Bleiben elf. Die Elf ist eine mythisch schwache Zahl, von der Anzahl der Jünger, welche angeblich treu blieben, einmal abgesehen.

AUGUST WILHELM

Brav. Weiter so.

CAROLINE

Die elfe streben in alle erdenklichen Richtungen. Dabei waltet zwischen Sixtus und Barbara eine heimliche Übereinkunft. Indem
sie rückwärts, er aber nach vorn aus der Fläche herausweist,
schaffen sie dem Kreuz – dem dunklen – einen dritten, räum-
lichen Balken. Grund dazu hätten sie unbestritten aus ihren
Märtyrerleben. Uns, die wir frontal das Gemälde betrachten,
macht die Perspektive doch weis, wir stünden im geschützten
Winkel und schauten leicht von der Seite auf den Leidensbaum …
den wir einstweilen rasch wieder vergessen wollen. Er ist eine
Fiktion.

FRIEDRICH

Caroline hat den Rahmen endgültig fahren lassen. Jetzt schwindelt
ihr.

Die Spannung zerreißt mich, die dadurch entsteht, daß ich in sämtliche, durch die Hände bezeichneten Ströme gleichzeitig tauche. Keiner übrigens fließt geradeaus. Die Biegung der Fingergelenke wirkt wie ein Maschensystem aus Fluchten und Schlaufen, ein Netz, zwischen Wolken gespannt, das mich fängt – und auffängt.

GRIES

Potz Blitz.

CAROLINE

Ein Kunstwerk läßt aber auch Freiheit, sich alledem zu entziehen. Bei halb geschlossenen Lidern wirken die Finger kaum mehr als wie ohnmächtiges Gras, bald hier- bald dorthin gekrümmt.

NOVALIS

Madame, Sie sind die wahre, die peinlich genaue Poetin.

CAROLINE

Wartet. Zwar will ich euch, wieder offenen Auges, nicht ins Dickicht der Bedeutungen hinabziehen, wie sie so oder so gehaltene Hände – geschlossen, gespreizt, zur Brust gekehrt, hängenlassen, aufeinander gepreßt, ums Kinn, um den Schenkel gelegt, hinweisend, eine Last umfassend oder nur irgendwo aufruhend – über die Seele ihrer Eigner verraten. Ob Demut, Mitteilsucht, Furchtsamkeit, Phlegma oder eine Mischung aus mehreren. Wahrlich, mein Ehrgeiz schlüge übel aus, wollte ich meine Freunde zu Abc-Schützen der Bildbetrachtung erniedrigen. Ein jeder sehe das Seine. Laßt mich stattdessen zuletzt einen Irrtum erwähnen, dem ich beinahe aufgesessen bin. Wenn jemand mir zugibt, daß es ihm ähnlich ergangen, wärs nicht verwunderlich.

FRIEDRICH

Mag sein, daß du anfangs doch bis zwölf gezählt und gemeint hattest, die Händepaare seien komplett. Die Heilige Barbara täuscht mit List – Urhebers List, notabene – ineinandergeschränkte

Hände vor. Beim zweiten Hinsehen verpuppt die rechte sich in ein Stück gebauschten, vom linken Daumen zusammengedrückten Schleiers. Ehrfurcht macht im ersten Ansturm ein wenig weitsichtig. Darum erweist sich Ehrfurcht erst nach dem Zweifel.

CAROLINE
Merkwürdig. Heiß! möchte ich rufen, du bist meinem versteckten Fehler so nah. Tatsächlich, die rechte Hand der Barbara hält ihn verborgen. Dir tat sie ihn in einen Stoffetzen, mir hat sie ihn mit Steinen vermauert.

SCHELLING
Beim Gott der Aufklärung, wo geraten wir hin?

CAROLINE
Ist euch aufgefallen, daß Barbara, die liebliche, die lächelnd andächtige mit den gesenkten Lidern, dem milde schimmernden Kelch aus Stirn und Nasenrücken, hübscher als die Madonna, daß diese edle Dienerin, die ihren Nacken so hoheitsvoll wie verquält nach links vorne herumdreht, höchst unbequem dasitzt, oder dakniet? So kann kein Mensch, länger als Sekunden, verweilen. Sie kniet wohl eben hin, wobei das Kleid ihr hinderlich unter den Fuß gerät. Überhaupt das Knie. Es echot Mariens – und hat mit ihm an jenem von Schellings wunder Seele diagnostizierten Mahlstrom des Unheils teil: wozu sie der Maler billig verdammte, indem er vorsätzlich den beiden Frauen die dunkelsten Gewänder überzog. Wie solvent dagegen hat Sixtus auf dem Wolkenfell Platz genommen. Nichts für ungut. Wir suchten Barbaras Rechte. Ich sah sie zunächst, in der Linie der Schultern, rechts oben herausschauen. In der Richtung, in die auch die angewinkelte Linke, via Kehlkopf und Nackenlocke, zu deuten scheint. Doch jenes inkarnatfarbene Stuck Fläche, geschnitten vom Vorhang, ist keine Hand, sondern ein Turm. Ihr wußtet es längst. Nämlich der Kerkerturm, in welchen ihr Vater die Tochter auf Jahre eingesperrt hatte. Was diese wiederum in alle

Zukunft niemals selig, höchstens mühselig wirken läßt. In der Tortur des Leibes ist die des Schicksals gezeichnet.

NOVALIS

Ihr Schluß, werte Freundin, möchte wohl auch der Orthodoxie besser nicht zu Ohren kommen. Eine Märtyrerin – nach Tod und Auferstehung – nicht erlöst? Schleppen wir unsere Hucke Fluch denn weiter, durch die Unendlichkeit und drüberhinaus? Wohin und bis wann? Betreten wir gar noch einmal irdischen Boden, nur um sie endlich abzuwerfen? Wenn je?

FRIEDRICH

Novalis ist ein Engel. Vorn hält er die Hände gefaltet. Hinten hat er Schwingen.

NOVALIS

Nein. Vielleicht bin ich ein Hexenkessel. In mir kämpft Fichte gegen Jenas Antijakobiner, verdampft Herrnhut, schlägt freier Weltgeist Blasen, indes die Stücke frommen Fleisches zum Schlachter zurücklaufen.

FRIEDRICH

Hab Erbarmen mit dir selbst.

NOVALIS

Heute nicht nötig. Was aber jene strittige Frage angeht, so ist die Antwort uns vor Augen bald drei Jahrhunderte alt. Drei weitere mag die Beweisführung brauchen. Raffael gibt Caroline recht, und ich ihm.

SCHELLING

Rette deine Haut – und du rettest auch deine Narben.

AUGUST WILHELM

Geschätzte Bildgemeinde. Wer irgend uns aus dem Äther zuhörte, müßte meinen, wir kommentieren eine Kreuzigung.

GRIES

Allerdings. Wobei die Tragik notorisch mit dem weiblichen Ge-
schlechte verknüpft ist. Hier hilft nur der Schwenk zum solven-
ten Sixtus. Gestatte mir die noble Versammlung, nach soviel
Tristesse zum komischen Nachspiel zu laden.

FRIEDRICH

Was sei komisch am Papst?

GRIES

Ich habs nicht von mir. Die Malschüler schwatzen drüber und
habens doch nach reiflichem Nachdenken selbst aufgelöst.

FRIEDRICH

Also was?

GRIES

Schaut auf San Sistos rechte Hand. Sie hat sechs Finger.

Griesens Eröffnung bewirkt in der Gruppe gehörigen Aufruhr,
Durcheinanderlaufen und Ausrufe wie: uff, hui, Unsinn, schu-
schusch, gütiger Raffael, da soll doch, soll etwa, infamer Spaß,
beim Naß meiner Augen.

NOVALIS

Ei nun. Das Profane geht eitel, das Erhabene heiter einher.

CAROLINE

Holder Schreck, verweile noch, du machst uns zu Kindern. Genau
und erwachsen wurden wir früh genug.

FRIEDRICH

Reverenz, Maestro! Sieh uns vor deinem Werk vergnügt umein-
anderwalzen. Die höchste Achtung ist dem Tanz verwandter als
der Erstarrung.

GRIES

Daumen und Zeigefinger springen nach oben auf wie eine Krebs-
schere. Darunter folgen, zum Köcher gebogen, vier weitere
Finger.

SCHELLING

Ja, treib du den Jux nur fort und schinde uns noch, nach eifriger
Dichterart, mit monströsen Metaphern!

AUGUST WILHELM

Wenn es denn genug ist – meine Lieben – sollten uns auch die wah-
ren Verhältnisse wieder genügen – ehe der Kustos herbeistürzt –
und seinerseits Gewissenhaftigkeit mit Pedanterie überbietet.

CAROLINE

Der kommt nicht. Ahndet er doch, daß unter Wilhelmsens Zucht
der Kunst kein Leid geschieht.

AUGUST WILHELM

Danke für dein stachlichtes Kompliment, verehrtes Weib. Meine
Sorge scheint in der Tat übertrieben. Was jenen daktylus delicti
betrifft, den für den kleinen Finger genommenen Teil der ganzen
Hand, so hat sich der alte Herr Riedel, aus gegebenem Anlaß,
gewiß sein gründliches Urteil darüber gebildet und traut uns
weder Flüchtigkeit noch Albernheit zu, dasselbe zu verfehlen.

GRIES

Amen. Wie zuguterletzt kein einziger der jugendlichen Kopisten
versucht hat, der Schlagkante Seiner päpstlichen Rechten einen
Fingernagel aufzumalen. Vergeb der Professor den Pennäler-
scherz.

AUGUST WILHELM

Im Gegenteil.

FRIEDRICH

Erstens, Grieslein, zürnt mein Bruder nie und verzeiht alles – außer
dürftige Poesie. Zweitens haben Sie unserer Methode, sich dem
Heiligen gegenüber aller Scheinheiligkeit zu enthalten, durchaus
geschmeichelt.

GRIES

Quod licet Iovi, non licet bovi. Fühle mich untertänigst als Ochse.
Geh hier allerdings seit Tagen gangauf gangab in der Spur.

SCHELLING

Im Gespann mit dem bulligen Schelling, vergiß nicht.

AUGUST WILHELM

Ausgezeichnet. Wir haben also zwei Vorläufer der Interpretation,
an die wir augenblicks zurückgeben wollen. Falls Caroline einverstanden ist, die Hände ruhen zu lassen.

CAROLINE

Nur zu gern. Laß du aber deine am Sterz.

GRIES

Hast dich selbst verraten, Schellingleben, und bist dran.

SCHELLING

Wieder einmal. Und wieder, ich warne, nicht im Einklang mit
friedesuppendem Betgeist.

NOVALIS

Sieh diese Welt
    Und spiel
    Verstecken.
    Solange du
    Ein Schienbein
    Selbst umfaßt

29

Und eins bei
Der Mutter wärmst
Tritt keiner
Das Paar

Das nenn ich ungerecht. Ich will ein Spiel vorschlagen, und siehe
da, Novalis ist schon zur Stelle.

Ich bin weit weg.

Listiger Träumer. Wer Sie kennt, weicht Ihrem Stoß, und wer Sie
nicht kennt, auch.

Hoppla. Friede ist eins und Mißverständnis das andere. Plante der
Philosoph, Ausgeburt der Vernunft von Berufs wegen, ein leib-
haftiges Versteckspiel, in einer Galerie ohne Möbel? Treibt ihm
die Berufung in der Tasche Possen? Oder schwebte ihm vor,
Beine gegeneinander treten zu lassen, als Replik auf meinerlei
Hände? Oder Füße zu zählen? Es sind, mit Verlaub, Freund,
eben drei.

Nichts dergleichen. Ein Drama.

Mich freut die Harmonie von Dichter und Philosoph, die sich gegenseitig höchstens den eigenen Anteil am Geiste neiden. Beide
balancieren zwischen Gelehrsamkeit und Aberwitz. Beide voll-
bringen, wenn überhaupt, das Kunststück, noch des Messers
Schneide entzweizuteilen und sich mitten hineinzuwerfen, wo
ein Nirgend-Raum unbeschreiblichen Gleichmuts sich auftut.

AUGUST WILHELM

Mit großen Worten stehst du dir selbst im Wege. Mit allgemeinen der Gattung.

FRIEDRICH

Und du? Was geruhst du mit jenen wie mit diesen zu meinen?

AUGUST WILHELM

Daß Schelling ein Drama aufführen will, jetzt hier und mit uns.

FRIEDRICH

Eine Farce?

SCHELLING

Ein Rechenergebnis. Sechs Personen sind im Bilde. Sechse davor.

GRIES

So wahr die Messerhälften diesseits und jenseits der Schneide sich decken.

SCHELLING

Attacca. August Wilhelm Schlegel, einunddreißig Jahre, sei der Märtyrerpapst Sixtus.

CAROLINE

Friedrich Wilhelm Joseph Schelling, dreiundzwanzig Jahre, sei der rechte, freundlich unwirsche Engel. Er sieht ihm ähnlich!

AUGUST WILHELM

Johann Diederich Gries, ebenfalls dreiundzwanzig, gibt den geflügelten Knirps ihm zur Linken, von uns aus. Beide wissen längst, wies oben zugeht, haben oft genug hingeschaut und staunen so maulig fort.

FRIEDRICH

Halt. Wehe. Ihr habt vergessen: Im Bilde sind zwei Weiber. Eins davor.

NOVALIS

Wehe aber dir. Weil es absurd wäre, gerade die Madonna mit einem Mann zu besetzen. Weil folglich Caroline Schlegel, fünf mal sieben Jahre, in die Gestalt der Maria schlüpft.

FRIEDRICH

Weil aber du, sechsundzwanzig wie ich, ein Kind bist.

SCHELLING

Georg Philipp Friedrich Freiherr von Hardenberg, Pseudonym Novalis, gefällt sich, oder auch nicht, in der Rolle des Jesusknaben.

NOVALIS

Dies sagt, wer uns soeben anstiftete, nach den Sternen zu greifen, und wen ob des frivolen Streichs, kaum daß er begangen, schon der Katzenjammer plagt.

CAROLINE

Attacca. Ich wette, ihn plagt bloß Eifersucht. Er hätte mir gern selbst im Arm gesessen.

SCHELLING

Madonna!

CAROLINE

Als Madonna darf ich endlich streng sein.

FRIEDRICH

Dreimal wehe den treu sich liebenden Schlegelschen Brüdern! Morgen der eine gehörnt – heute der andre entmannt.

Die Trauer kleidet dich, fratello. Es ist der Heiligen Barbara Trauer,
der du deine weibisch schöne Larve leihst. So wie es einen männ-
lichen Charakter braucht, ihr Schicksal durchzustehn.

FRIEDRICH

Spricht Sixtus, der gütige, dessen Los das meine an Mißlichkeiten
wohl aufwiegt. Wenn er auch am Ende reicher dasteht – oder
hockt.

SCHELLING

Siehst du, Engel Kamerad, sie sind mitten im Spiel –

GRIES

Und im Leben.

NOVALIS

Mutter des einen Tages, an welchem mich die Hardenbergsche
seufzend entbehrt. Wir müssen etwas bewirken für ein devotes,
auf Wolken schwankendes Volk. Schau, wie beide Geschlechter
desolat daknien, den Kopf von der Brust gewendet. So wahr ich
dir am Busen lehne und hier, zwischen Busen, zum Bewußtsein
erwacht bin, wütet vorn die Gegenwelt der Glorie, aus der uns
der Maler hinten zu kommen heißt.

SCHELLING

Inniger, Jesus!

NOVALIS

Selbst den Engeln ist nicht mehr zu traun. Sie geben der Geschichte
ihren Lauf, wie alte Ehepaare tun, die sich aufs Fensterbrett
stützend mustern, was da ihre enge Gasse streift und kreuzt.

GRIES

Er zweifelt an unserem Flügelemblem.

SCHELLING

Recht hat er. Wieso läßt du den linken hängen, apropos.

CAROLINE

Kleines, sie sind jünger als wir.

NOVALIS

Warum dürfen sie fliegen, wann immer sie wollen, und ich nicht?

CAROLINE

Weil du Mensch sein sollst.

NOVALIS

Warum bläst uns der Wind ins Gesicht? Er bauscht deinen Schleier. Mich friert.

CAROLINE

Wenn du tapfer bist, haben wir Wind bald im Rücken.

NOVALIS

Was machen der Mann und die Frau, wenn du, mich auf dem Arm, mitten zwischen ihnen durch- und davonrauschst? Merken sie es?

CAROLINE

Du fragst zuviel.

NOVALIS

Kaum geboren werde ich schon getadelt.

SCHELLING

Schade. Er hätte noch bohren sollen. Warum zum Beispiel ach so irdische Menschen nicht aus den Wolken fallen. Die Antwort der Madonna hätte mich interessiert.

GRIES

Laß das. Mit der Lösung dieses Widerspruchs würden auch wir von dannen bewiesen.

SCHELLING

Doppelt schade.

AUGUST WILHELM

Edle Jungfrau. Fürwahr, hohe List, die manches Niedere wendet, hat gütig alle Perspektive außer Kraft gesetzt und dich mir, respektive mich dir, nahegerückt. So berühren sich unsere Säume.

FRIEDRICH

Du quasest, Six.

AUGUST WILHELM

Ich kann nicht aus meiner Robe. Für den Brokat mich zu schämen, verbietet mir ein Amt, dem er in jenem Leben Zierde war. Geschweige, daß ich mich des Amtes selber schämte, welches sich in der Verehrung deiner und der Frucht deiner gebärenden Keuschheit hinbringt und im weiteren nichts bedeutet.

CAROLINE

Ich kenne dich doch.

AUGUST WILHELM

Du weißt, daß ich genug erduldet habe, um kommod zu dienen, ohne mich zu unterwerfen.

CAROLINE

Jeder weiß es, Sixtus Sisyphus. Weshalb dieser mein Sohn in der Zukunft deinem lang verblichenen Amtsbruder sein Haus vertraut. Die ganze rollende Erde. Die euch freilich zusehends entgleitet.

GRIES

Sie fällt nicht aus den Wolken, aber aus der Rolle.

SCHELLING

Warum sollen Frauen nicht Geschichte interpretieren, wodurch sich
die Anzahl der Verständigen weltweit verdoppeln würde.

GRIES

Falls nicht im Gegenzug die Männer den Verstand verlieren. Historisch war die Madonna eines Zimmermanns Weib.

SCHELLING

Oder eine Bäckerstochter, wie?

FRIEDRICH

Wollt ihr Engelsbrut jetzt den Mund halten.

SCHELLING

Dem Fred wirds schon barbarisch ungemütlich.

AUGUST WILHELM

Du verkündest mir nichts Neues, Märchen. Aber ängstigst du nicht
den Säugling?

CAROLINE

Er ist abgestillt. Was ihm kaum behagt.

GRIES

Sie findet den Faden, pst.

SCHELLING

Mit dem Novo möcht ich doch nicht tauschen, pst.

CAROLINE

Mein Leben sträubt sich vor gesetzten Worten.
    Die Stanze ist ein Trug. Weil ich ja geh.
    Der Geist ruht gern an unbedarften Orten

Wo mählich harmlos Zeit die Daumen dreh.
Doch nur die Anmut sprengt der Armut Pforten
Daß die gemarterte den Himmel seh.
Mein Kind trinkt Milch von Tieren und ißt Pflanzen.
Dies ist gewiß die triftigste der Stanzen

FRIEDRICH
Die Liebe traf mit Pfeilen stach mit Lanzen.
Das Unbedarfte tat wie Folter weh.
Des Malers Gunst läßt uns im Äther tanzen
Doch keine Gnade stillt die Wunde je.
Gib mir die Brust. Nicht Kelche und Monstranzen.
Der Tod ist süß weil ich ja aufersteh.
Hier bleib ich ohne Willen dir zu Willen.
Ob wir auf Erden Blut und Hunger stillen

NOVALIS
Mein Auge schaut:
    Das Blut stürzt aus der Haut.
    Wüst fällt die Welt.
    Und ob die neue hält
    Was sie verspricht
    Das weiß ich nicht

SCHELLING
Mit Versen überlebt sie wohl kaum, sie stirbt nur schön.

AUGUST WILHELM
Von Tod kann keine Rede sein, solange die Minne des Bewußtseins
mit dem Leben andauert. Mein weltliches Auge schaut die auf-
geklappten Hälften eines Granatapfels, deren sattere, dein Brustbild, in die zartere, den ganzen Leib deines Sohnes, sich teilt und
darin heller widerscheint. Pfirsichblüt heißt die Farbe des gehaltenen, Rot des hingegebenen Blutes. So sagen etliche Theoretiker.

Den Maler dagegen bannt die Geschichte, die Leben gewöhnlich nimmt, so daß er die Hülle des werdenden in einer Art Abendglanz der Schale des schon vertrocknenden Fruchtkörpers, wie deines wehenden Schleiers, wehmütig anpaßt. Wo nicht, vertritt ihn die Zeit und dunkelt posthum das lieblich Geschaffene nach. Bildbetrachtung bleibt dennoch eine geistliche Reise: mit dem Ziel der Erleuchtung. Und wer einmal im Bilde ist, mich alten Knochen auf dem Wolkenplafond, den räumt keinerlei Dämmerung mehr aus dem Weg, weder Dresdens August noch Riedels Arcanum. Bild eines Bildes – hab ich nicht unlängst eines der höheren Wesen zu unseren Füßen ebendies murmeln hören. Wieviele immer sich aufs Bilderstürmen verlegten, die Verhältnisse stürzten sie nie. Wozu gehört, daß meine Wenigkeit an deine Hoheit grenzt. Daß einerlei Brise unsere Mantelsäume aufbiegt wie Deckblätter einundderselben Art wundersamer, innen tiefroter Blüten. So küßt die Oberlippe nicht die Unterlippe, doch zusammen sprechen sie. Sei meine Liebe gemeint, sei die Erde umschrieben. Ars est correpetitio ad infinito: Der Künstler erinnert nur. Allerdings, wer aufschaut, hat Grund, von sich abzusehen ...

NOVALIS
Mutter, mich dünkt, den Heiligen Vater stört es, daß du ein Kind hast.

CAROLINE
Nein, Kleines. Er denkt, ein Kind zu haben, heißt leiden. Das labt ihn.

SCHELLING
Sag, Nebenmann, was starrst du eigentlich die ganze Zeit so an?

GRIES
Den Puffärmel der heiligen Barbara. Er ist ein kobaltblauer kleiner Erdball, von Nähten wie von Meridianen akkurat zerteilt und

dabei, was die gedachte Kugelform betrifft, arg zerbeult. Er scheint im Begriffe, aus dem Bild zu springen.

SCHELLING
Vielleicht fliegt er Herrn Riedel an den Kopf, den ich schon schleichen höre.

GRIES
Dann wirds wieder ernst.

SCHELLING
Ernst mit Trinkgeld.

GRIES
Faß einer einem nackten Engel in die Tasche.

SCHELLING
Wetten, daß die päpstliche Schatulle uns freihält.

Inspektor Riedel wartet bereits einige Schritte abseits der Gruppe. Nach einer Schweigepause tritt er vor.

RIEDEL
Wie ich bemerken durfte, hat die gelehrte Versammlung sich vom Raffael verzaubern lassen. Es steht mir nicht an zu befürchten, daß hierbei auch nur der geringste der augenfälligen Teile des ganzen Wunderwerkes habe übersehen werden können. Indessen zeichnet letzteres sich obendrein durch unsichtbare Gegenstände aus, über welche die Zeitläufte einen milden Film legten, den wiederum jemals abziehen zu wollen oder zu vermögen ungewiß ist.

AUGUST WILHELM
Will er uns wenigstens das Rätsel von seinen Worten streifen.

RIEDEL

Das ist rasch geschehn. Wie vordem angedeutet, handelt es sich um die Wolkenpartie, und zwar um jene, die vom natürlichen Tatbestand nicht abweicht, daß Himmel in Höhe der Köpfe beginne, kurz, ich spreche von der oberen Bildhälfte. Dort, wo die Aura der Jungfrau ins All ausläuft, ist dieses nicht leer, sondern von weiteren, unzähligen Angesichtern besetzt.

FRIEDRICH

Himmlische Heerscharen ...

RIEDEL

Wie Sie meinen. Meinem verehrten Vater gebührt die Entdeckung, doch er verwarf sie wieder und glaubte an Flecken der Leinwand. Ferner hatten wir Grund, an der Engelhypothese zu zweifeln.

CAROLINE

Warum?

RIEDEL

Das, was uns damals bewog, von seinem Fund abzurücken, ist die, verzeihen Sie, Ärmlichkeit der Züge, wenn überhaupt, die in der Tat nur aus Flecken hingetupft scheinen. Eine in den Kosmos entrückte Schädelstätte. Von Seligkeit keine Spur. Madame, meine Herrschaften, vergessen Sie es und entlassen Sie einen irrenden Menschen.

Man schickt sich zu gehen an, nur Novalis kann sich nicht lösen. Riedel schreitet in Richtung Treppe davon, August Wilhelm folgt ihm zwecks unauffälliger, wie unvermeidlicher Vergütung des Museumsbesuches und wendet sich wieder den Seinen zu, währenddessen Friedrich Caroline schon den Arm geboten hat und Schelling mit Gries noch herumtuschelt.

SCHELLING
Wer wird die Maske von den Wangen heben.

GRIES
Arcanum heißt der Brei, daran sie kleben.

Beide folgen scherzend den Schlegels.

NOVALIS
Die Sprache ist der Bilder zweites Leben.

Freiberg, 10. Dezember 1798

...

Mein neuer Plan geht sehr ins Weite – er betrifft die Errichtung eines literarischen, republikanischen Ordens – der durchaus merkantilisch politisch ist ...

Man muß in der Welt sein, was man auf dem Papier ist – Ideenschöpfer ...

Weimar, 27. Januar 1799

…

So viel ist gewiß, eine geistigere und größere Revolution als die politische, und nur eben so mörderisch wie diese, schlägt im Herzen der Welt. Daher ist das Amt eines Schriftstellers, der ein anderes Herz hat, jetzt so nötig und fordert so viel Behutsamkeit

…

Berlin, 5./6. Juli 1799

Du wirst Dich gewundert haben, gute teure Seele, daß Du so lange keinen Brief von mir erhalten. Diesen erhältst Du durch einen Freund vielleicht früher als einen anderen, den ich unter demselben Datum mit der Post abgehen lasse. Der Überbringer ist ein sehr beliebter Schriftsteller allhier, Herr Tieck, der mir Höflichkeiten erzeigt hat. Seine Frau, eine geborne Alberti, Schwester der Madame Reichardt. Es wäre mir lieb, wenn Du ihnen einige Artigkeiten erweisen könntest.

In dem Briefe, den Du mit der Post erhältst, schreibe ich Dir nur, was alle Welt wissen kann, weil ich sicher bin, daß er geöffnet werden wird. Doch werde ich Dir oft unter Deiner Adresse über die Post schreiben und bitte auch Dich, daß Du mir auf dieselbe Weise über die Post antwortest, versteht sich, was alle Welt wissen darf. Der Grund ist der. Erhalte ich gar keine Briefe, so wird dadurch Verdacht erregt. Sie merken, daß ich es weiß, daß ich beobachtet werde, lernen mir nie trauen und forschen desto emsiger nach den Kanälen, durch welche ich meine Korrespondenz führe.

Denke Dir nur: Mittwochs abends 10 Uhr fahre ich zum Tore hinein und gebe meinen Namen an. Donnerstag morgens wird im Staatsrate Vortrag darüber getan und vorläufig denn doch nur beschlossen, mich sehr genau beobachten zu lassen. Ein Freund meldet mir dies. Soeben Freitag morgens verläßt mich der Polizeiinspektor, der mir denn nur pflichtschuldigerweise, sagte er, seinen Besuch hat machen wollen und sich erkundigen sollen, ob ich etwa nur zum Vergnügen oder in Geschäften hier sei. Ich habe ihm gesagt: zum Vergnügen.

Daß Du, falls ich nur hier fest stehe, hierher kommst, ist wünschenswürdig und ausführbar. Ich sehe an F. Schlegels Ökonomie, daß es sich mit Frau wohl nicht viel teurer lebt als als Einzelner. Mein Logis ist sehr bescheiden, doch angenehm. Ich werde Lust erhalten zur Arbeit.

Küsse mir den lieben Kleinen, und Gott erhalte Euch beide gesund, bis ich Euch wiedersehe.

Adresse: Professor Heindorf, am Grauen Kloster. Innere Adresse: Prediger Schleiermacher, an der Charité. Meine Adresse: – im silbernen Monde unter den Linden. Adressiere nicht durch F. Schlegel. Dessen Briefe werden nun auch eröffnet.

Jena, 28. Oktober 1799

Liebes Kind, nun ich Dich nicht gleich wieder bekommen kann, fängt die Sehnsucht auch an, mir in die Seele zu treten. Doch die Zeit soll kommen, und Du sollst einen herrlichen Weihnachten hier feiern. Mit dem Husten das ist schlimm, spiele nur recht viel und tue deine Ohren auf, um recht zu hören, was die andren spielen und singen, damit Dir ein innres Verständnis der Musik aufgehe. Laß keine Operette ungehört vorbeigehn. Was es kostet, will ich denn schon bezahlen ...

Buonaparte ist in Paris. O Kind, bedenke, es geht alles wieder gut. Die Russen sind aus der Schweiz vertrieben – die Russen und Engländer müssen in Holland schmählich kapitulieren, die Franzosen dringen in Schwaben vor. Und nun kommt der Buonaparte noch. Freue Dich ja auch, sonst glaub ich, daß Du bloß tändelst und keine gescheiten Gedanken hegst.

Die Tieck mißfällt mir im Grunde doch, ich mag es nur nicht aufkommen lassen. Er ist sehr amüsant, und wir sind viel beisammen. Was die Menschen vor Zeugs ausbecken, das glaubst Du nicht. Ich werde Dir ein Sonett auf den Merkel schicken, der in Berlin geklatscht hat, der Herzog habe den Schlegels wegen des Athenäum Verweise geben lassen. Da haben sich Wilhelm und Tieck letzt Abends hingesetzt und ihn mit einem verruchten Sonett beschenkt. Es war ein Fest mit anzusehn, wie beider braune Augen gegeneinander Funken sprühten und mit welcher ausgelassenen Lustigkeit diese gerechte malice begangen wurde. Die Veit und ich lagen fast auf der Erde dabei. Die Veit kann recht lachen, was sie Dir wohl bestens empfehlen wird. Der Merkel ist ein geliefertes Ungeheuer ...

Doch diese Händel gehn Dich nichts an, die Russen und
Buonaparte aber viel. Wenn doch Tischbein recht früh, im
November schon käme und Dein Bild noch fertig machte ...

PARADIES

Jena, 14. November 1799

EINTOPF

Laßt euch nieder, so es beliebt, oder mir zuliebe. Drei Stühle bleiben vakant, für Ritter und seinen Knappen, dem heute zum eignen das Bruderherz schlägt.

Am Ende des Tisches?

Unser Tisch hat kein Ende und keinen Anfang, keinen Kopf, aber vier Füße. Was sag ich vier. Ausgezogen und eingedeckt stützt er sich auf vier weitere Krückenpaare. Wahrlich, eine Tafel im Paradies wäre ein Tausendfüßler. Wir üben nur en miniature. Schelling, Wilhelm, meine Wenigkeit, Friedrich und Dorothea, per letztens einstudierter Ordnung. Prinz Philipp an Mutters Seite. Dann Ludwig der Tieck. Daneben Malchen mit Dorothea minor. Wozu wiederhole ichs euch zum dutzendsten Male. Damit ihr euch bald hübsch hinpflanzt und ich auf euch hinabschauen kann, während ich euch gleichwohl mit Roses Hilfe serviere. Übers Eck hat der Knapp seinen Schemel, Novalis, links Leutenant Karl. Sollen sie Malchen aus konfortablem Winkel anhimmeln dürfen, Madonna mit Kind zum Hausgebrauch.

Ob er denn kommt, Ritter?

Je nachdem. Kocht ihm die dunkle Erde im Kolben, bleiben unsere weißen Bohnen ihm dafür auf ewig gestohlen. Novalis, wetten, schwirrt jeden Moment durch den Türrahmen. Doppelt, mein ich. Seine Bahn und unser Kreis verdrillen sich dieser Tage zur Schnur. Mag also sein, daß wir einen Platz übrigbehalten, für den Gast der Gäste – den darf jeder sich setzen.

Hast du gehört, Philipp. Was Tante Caroline gesagt hat. Sie will, daß wir still zu Tisch sitzen. Was hast du heute bei Friedrich in Griechisch gelernt. Philipp heißt Pferdefreund. FOHLEN DAS MÖBEL UMWIRFT heißt es nicht.

Professor Schelling hat den falschen Stuhl.

Zu gütig, Wilhelm, aber doch nicht das falsche Fach. Über Poetik zumindest mag ich nicht lesen, womit ich nicht in deines greife noch am deinigen rüttle.

Von Rütteln war nicht die Rede, lieber vom Tauschen. Ich meinte nicht die Alma Mater, sondern Carolines Mittagsakademie. Es geht um die Grundlage des Hosenbodens.

Verstanden. Feststellung überprüft: Professor Schlegel hat den falschen Stuhl.

Bitte, ihr Rüttelfalken, blockt nur irgendwo, vergebt Roses Irrtum.

Pst, die Tiecksche Trinität placiert sich gerade. Fehlte noch, daß ihnen beim Worte Stuhl der Teekessel pfeift und sie von neuem Dörthchens Windeln zu explorieren beginnen.

Pfui, Friedrich.

Gewissermaßen nach einer Einlage des Windelbodens.

Ach, wie soll der Lehrling vernünftig werden, ist der Meister ein Kindskopf.

Friedrich ist das Pferd. Ich bin der Freund.

Das hast du wieder gut und lieb gesagt, Philliebling. Stell dir vor, wir säßen im Theater. Wir sitzen ja im Theater. Gradaus im Bühnenprospekt ist eine Tür, die jeden Augenblick aufspringt, und deine Herren von Hardenberg fahren herein, einer ein Krieger, einer ein Maulheld, in edlen Kleidern. Wenn du achtgibst, kannst du die Treppe schon krachen hören.

Im Theater muß ich nicht Bohnen essen.

Fleisch ist auch dabei.

Kein Schweinefleisch aber?

Bewahre. Tante Caroline läßt uns nicht verderben.

Befiehlt die Dame, daß wir Sitzhaltung annehmen, sollte sie uns hierin zuvorkommen. Stehn, oder sitzen, wir doch sonst grob unhöflich da.

Sind wir bei Hofe? Deine Art Anstand taugt in eine Ära der Dienstbodenschwärme, denen zu entsagen, sagen wir, wir wünschten, statt es ohnehin zu müssen. Die Köchin ist heute unpäßlich. Rose und ich haben ein einfaches Mahl bereitet, das wir euch augenblicks auftragen wollen.

Willimilli ei auwei
    Dörthchen macht ein Mordsgeschrei
    Mutzt das Kind auf Mutters Schoße
    Kleckert Mutter gleich mit Soße
    Was haben Bohnen mit Milch gemein
    Daß sie weiß sind mein Schatz
    Was haben Bohnen mit Busen gemein
    Daß sie heiß sind mein Schatz
    Weißes Häubchen weiße Zitzen
    Wundersüße Milchhaubitzen

Ach, Ludwig. Er hält beim Stillen wie beim Küssen wohl stets die Augen geschlossen.

Wieso, Fred.

Weil die Zitzen eines stillenden menschlichen Weibchens von rosigbrauner Farbe sind und nicht selten auch bluten.

Potz Wetter. Woher weiß er das denn?

Aus Lucka bei Leipzig.

Wie, wenn wir Frauen uns einmal zusammenrotten würden und die Männer hinauswürfen.

Du machst die Rechnung mit dem falschen Geschlecht, meine Liebe, sofern du auf das eigene rechnest.

In Deutschland wohl.

Nun, wer wie Friedrich eine LUCINDE verfaßt, dem bleibt keine Stelle der Haut ein unbeschriebenes Blatt.

Bitte. Wir wollen bloß nicht jedes lesen oder gelesen bekommen.

Oh, spränge die Tür glücklich auf, und der Adel träte herein.

Welchselber wackren Bürgern an Derbheit mitnichten nachsteht.

Eia weia milliwilli
Unterm Schleier weiße Milli

Ludwig gibt nichts Ungereimtes von sich, bei seiner Ehre.

Warts ab. In der Prosa ist er doch größer.

In der Poesie entfernt er sich von der Natur insofern, als die Bohnen in der Terrine eben kalt werden.

Und banal werden.

Eine Reise zu den Stühlen gerät nicht wenigen Leuten zur Reise nach Jerusalem. Entweder sie stürzen hin und finden das anvisierte Leder schon besetzt, oder sie ergehen und versäumen sich in wunderlichen Irrwegen und Spiralen wie um einen heiligen Ort. Wieder andere scheinen eher auf Stühlen als je auf ihren eigenen Füßen zuhause. Das kluckt und klebt. Gut möglich, daß in einigen Jahrhunderten eine mutatio zum umgekehrten Känguruh Aufsehen erregt: Vorderläufe lang, Hinterläufe verkümmert.

Vorderläufe lang, meinst du, um noch die weitab postierten Platten und Schüsseln der Gasttafel zu erreichen.

Du sagst es, Kumpan.

Sie reden von einem antipodischen Beuteltier, Liebling, das sie erst jüngst in einem Journal abgezeichnet sahen, und nun prahlen sie mit dem Geschöpf, als kennten sie es aus der eigenen Westentasche.

Ist die Tasche am Tier festgewachsen?

Der Beutel?

Ja, der Beutel.

Er ist am Bauch festgewachsen. Das Tier bewahrt sein Junges darin auf.

Sein ganzes Leben?

Nein. Bis das Junge laufen kann. Das Tier kann mit dem Jungen zum Beispiel von Berlin nach Jena springen, und das Junge hat dort immer noch sein altes Kinderzimmer.

Ich möchte ein Känguruhjunge sein.

Es wäre doch fein, wenn beim Wechsel der Gliedlängen ein Beutel am Bauch herausspränge. Zwecks Mitnahme der Speisereste.

Wohin willst du die mitnehmen, wenn du dich nicht mehr erheben kannst. Fetten Bauches, ohne Füße, hockst du deine langen Tage …

Silentium. Meister Goethe hält sich in Jena auf.

Doch wohnen wir, wenn zwar luftig, nicht in einem Kartenhaus, daß ihm gleich die Ohren klingelten.

Je schlüssiger der Vers, je bissiger die Ironie.

Tieck läßt das Reimen nicht, verlegt es aber nach innen.

Will heißen, Dörthchens Mäulchen saugt schon an Malchens Quellen.

Brüllen ist die größte Plage, Stillen ist das höchste Gut …

Mittags Hülsen, abends Früchte …

Weiche Brüste, feste Schlegel …

Goethe und sein Schiller balladisierten aus Buße, wegen der Weltschelte, die sie letztens mit ihren XENIEN ausgeteilt haben. Selbstauferlegte Nicht-Trübung des geringsten poetischen Wässerchens. Wie büßt das Genie seine Albernheit?

Durch Mundhalten, zumindest während des Essens.

Schweigen sei sein Zauberwort …

Nun, da von jedem von uns nichts blieb als ein Brustbild, das steif von der Tischkante aufragt – unendliche Spannung der über die Schüssel gehaltenen Kelle der Wirtin – ihr liebliches Nachdenken, wem zuerst und aus welcher Tiefe, das Dicke, das Flüssige – Stille vor der Schöpfung – sie weiß es längst und hat mit List die

Teller zum Turm von Babel gestapelt – ennepe musa – füllt den ersten und läßt ihn kreisen, die Welt herum bis zum Gatten – den zweiten an Schelling – Monaden in Brühe – drei stellt sie beiseite – Malchen halb, Ludwig voll – Philipp einen fransigen Klumpen Rindfleisch – Sämiges für das innige Paar, in Hermanns Ermangelung, Friedrich und Dorothea – der Dame zuvörderst – schabt die Kelle die Wand, grüßt in Bälde der Grund – der Bodensatz für die Schöpferin.

Wohl bekomms, liebe Freunde.

Stille nach der Schöpfung.

Vorzüglich gewürzt.

Madame, sie poetisiert das Endliche und machte es so unendlich, bliebe es nicht wiederum auf die Endlichkeit unseres Genusses beschränkt.

Warte nur. In ein paar Stunden wirst du dich noch daran erinnern.

Mama, sie kommen.

Rose, Kind, füll die Schüssel nach.

Krachknackbrscht, auf der Treppe, tapptapp tock, es sind zwei Männer, nicht drei.

Ritter nicht. Dafür zwei Knappen.

Herzlich herein, ihr Freiherren.

Ihr seht, wir sind soeben im Bohnengang. Springt auf, sitzt nieder, wenns recht ist.

Gesegnete Mahlzeit der trauten Versammlung!

Dem Gruß meines Bruders schließ ich mich an!

Ihr schaut vergnügt und rotwangig aus, bringt frischen Hauch in die Stube, wo gerade artige Gesetztheit Platz griff.

Wir sind gelaufen, übern Fürstengraben, übern Kirchplatz – wissend, wir verspäteten uns.

Jemand glaubte schon die Zeit angebrochen, da wir als Brustbilder auf Konsolen verstauben, aber ihr findet uns sämtlich, Malchen ausgenommen mit der schlummernden Last auf ihrem Schoß, neu auferstanden zu eurem Empfange.

Da tröstet uns einzig, daß wir anscheinend just den Moment des Nachschlags erwischten, angesichts einer achtsam eine duftende Schüssel hereinschleppenden Rose.

Eine Rose gebrochen, ehe die Schüssel zerteppert …

Es war die Rose, nicht die Nachtigall …

In Ritters Elementeküche roch es womöglich strenger, wie?

Es ist wahr, daß wir nachgerade nasensatt dort ausrückten.

Um so schleuniger laßt uns den neuerlichen Stehkonvent beenden und unsere Stühle einnehmen, damit die Herren auch merken, wo die ihren sind, vielmehr, sie können unter dreien zweie wählen. Ab jetzt ist Sättigung des Magens angesagt, und was den Mund betrifft, so muß er sich, mit Verlaub, ins Schwafeln und Tafeln teilen.

Darf ich an dieser Stelle, in meinem und meines Bruders Namen, der gütigen Freundin noch aufrecht für die Einladung danken.

Es ist gut, ihr Hardenberge, wir freuen uns an so hohen Gästen. Werdet nun getrost etwas niedriger.

Mögen Sie Bohnen?

Freilich, Philipp, wir lassen sie uns schmecken und auch gefallen.

Wieso gefallen?

Weil sie hübsch aussehen, wie weich gekochte Kieseln, findest du nicht?

Ich hab nicht sowas gedacht.

Daß meinem Bruder Karl die Kieseln einfallen, ist auch kein Zufall. Wir kommen gewissermaßen durchkieselt von Ritter.

Den wir übrigens vermissen.

Er läßt sich freundlich empfehlen.

Es raucht ihm die Herkunft der Kieselerde im Kopf, ja, buchstäblich, es raucht, denn er hält sie für verbrannten Diamant.

Donnerschlag.

Gemach. Die Zuordnung als solche entspricht guter Freiberger Schule. Werner selbst rückt Kieseln und Edelsteine, Diamanten inbegriffen, ins selbe Geschlecht. Eine Reihe, die ihm das Auge, als unser oberstes Prüforgan, diktiert und die sich darüberhinaus nun als divinatorischer Fund erweist, denn Ritter meint etwas anderes. Falls er recht hat, schüttert die Geognosie.

Er meint etwas anderes und meint doch dasselbe?

Genau. Es geht ihm um den Anteil des Kohlenstoffs im Kiesel, nicht als Beimengung, wohlgemerkt, sondern als Ausgangsmaterie, die sich im Verbrennungsprozeß transformiert haben soll. Zu diesem Schlusse hat ihn die Arbeit eines französischen Chemikers angeregt.

Sein Name?

Guyton.

Ritter geht so weit, die Mineralien in eine Ahnenreihe zu setzen, und die Kohle sei des Kiesels Vorfahr?

Durchaus. Wobei das Feuer die Gewalt sei, die aus dem Älteren das Neue schafft, und auch die Kohle nicht allein vegetabilischen Ursprungs. Wenn es ein Kohlebrennen gibt, aus welchem, unmittelbar oder nach weiteren Zündungen, das Kieselgeschlecht hervorgeht, sollten wir nicht auch, nach dem gleichen Prinzip, zur Fortsetzung der Schöpfung, ein Kieselbrennen erwarten? Stehen wir davor oder danach? Finden die Brände nur im Verborgenen statt, im Inneren der Atome? Leben wir ruhig drüberhin? Ist das Leben selbst ein Feuersprung aus einem anderen Dasein. So, wie wir uns im Tiefsten den Tod vorstellen.

Feuer des Feuers.

Wie, Schelling. Sprich weiter.

Seit Lavoisier das Phlogiston abgeschafft hat, wissen wir, daß bei jeder Verbrennung, im irdischen Maßstab und im irdischen Anschein, Sauerstoff eingetauscht wird. Eine gewendete Jacke. Ob Leinen, ob Futterseide, Stoff bleibt Stoff. Mag der nunmehr außen getragene ein wenig dünner und fadenscheiniger glänzen, weil gasförmig. Dickes wird Gas. Wir bewegen uns im Gewohnten.

Wenn du Bohnen ißt –

Scht.

Ach, Mull. Welch ein Vergleich. Die Futterseide außen, würden wir die Herren nicht gehen lassen. Und eine abgebrannte Kerze glänzt auch nicht fadenscheinig. Sie ist fort.

Eben nicht, Caroline. Sie ist nicht fort, sondern unsichtbar.

Und wir im Dunkeln.

Warum: irdischer Anschein.

Was wissen wir vom Brennen der Sterne.

Da blicken wir zwar allzu weit, aber wiederum ratlos über den Rand unseres Suppentellers und lassen die Suppe erkalten. Feuer des Feuers: Ich will meinen Löffel verwetten, wenn Schelling uns nicht mit dieser Figur eine Ellipse seines ganzen Systems der Naturphilosophie hat zeichnen wollen. Allein, das Band zwischen selbiger und Ritters Hypothese, das muß er noch knüpfen. Das schneidet ihm ja nicht ab.

Danke, Friedrich Schlegel, daß du mir auf die Fersen trittst. Wenn Brände nur ein Handel und Wandel mit Stoffen sind ... Oxydationen, Tarnkappenspiele des verbrannten Gegenstands ... Verlust der Gestalt, des Namens meinetwegen, nicht aber der chemischen Kenntlichkeit, dann ist Feuer nicht das Urprinzip, das wir suchen, um irgend etwas zu erklären außer unserer Schwere. Dann müssen wir den Hort des Sauerstoffs verlassen. Was möglich ist, durch Philosophie. Hier können wir nur ... Stühle tauschen. Ritter postuliert ein Feuer, das Atome nicht umverteilt, sondern sprengt, verwandelt ... das Kohleatom in das Kieselatom ... Ich sage dazu DYNAMISCHE ATOMISTIK, oder wie immer. Sprengt ihr Dichter uns doch die Sprache auf.

Hätten Sie uns begleitet, Professor Schelling. Oder sehen Sie Ritter regelmäßig?

Eher selten, Leutenant, es genügt, den einen oder anderen von uns an einem Ort zu haben. Ritter und ich sind ein altes Ehepaar: Beide schweigen zur selben Zeit, beide reden zur selben Zeit, reden wortwörtlich dasselbe, nur sie in bengalisch, er in feuerländisch.

Wahrlich ein Ehepaar. Er lehrt, und sie ... kocht.

Bengalische Funken hab ich bei Ritters Experimenten schon sprühen sehen.

Und Feuerländisch, das sprengt keine Poesie dir um, daß Deutsch daraus würde. Vielmehr gilt Poesie den meisten als feuerländische Abart des Deutschen.

Dessen sie ebenfalls nicht mächtig sind.

Freunde, schaut, die Rose ist mit Grünzeug im Anzuge.

Aus heimischer Flora, zu eurem nicht bloß metaphorischen Behagen.

Ertappt. Die feuerländische, möglicherweise schüsselblütige riesenwüchsige Rose, rosa gigantea terrae focorum, sticht aus dem Text, nur weil sie nicht in unseren Gärten wächst.

Wohl wahr, Tieck. Da bleibt der Poet fein Bürger.

Novalis nicht, der zwar nicht Feuer-, dafür Neuland Bestellende.

Die Zeit muß auch etwas dazutun.

Wie könnt ihr das zierliche Mädchen so kränken.

Au – Essiggemüse.

Grün sind allein Gurken und Kräuter. Der Rest wurzelfarben. Es sei dem Monat nachgesehen.

Wenn ihr Philosophen uns zunächst die Pforten der Sprache aufsprengt, welche bis heute, trotz eifrigen Dichterruckens, im Schloß nicht nachgeben wollen. Etwa jene zu einer Vorzeit des Nicht-Sprechens.

Halt, Lieber, gönn mir die Vorzeit, Bier zu annoncieren. Saurer Wein auf saures Gemüse, das löchert den Magen, außerdem ist noch ein Abend. Drum Schwarzes Köstritzer, Goethes liebstes, wems beliebt, den Kindern und stillenden Müttern sei Milch empfohlen. Zum zweiten wird in diesem Augenblick der letzte Rest Bohnen aus dem Kessel gekratzt. Meldet eure Wünsche, per Sprache oder Nicht-Sprache. Zur Vorzeit oder Nachzeit gepflegter Gespräche gehört auch Geschirrklappern.

Es ist noch ein Abend da ... Wenn ich an den gestrigen denke, will ich meine Ohren mit Rübenschnitzen verstopfen.

Bravo. Rübe ab, kleinklein, und zu den Ohren sich selber wieder hinein.

Erbarmen, ihr Tunichtgute, rührt nicht daran. Sitzen sie heute ja friedlich, Papst und Widerporst, zwischen sich den zahmen Soldaten, und spalten keine Haare, sondern angelegentlich Atome.

Es wäre denn so, daß kein moderater Handel stattgefunden hätte wie zwischen Tauschpartnern – der Mensch nimmt Abstand vom Blöken oder Tirilieren, gibt noch ein paar Instinkte drein und zieht mit der Sprache davon – Herders Schaf steht etwas blöd in der Gegend – geschweige, daß Tierheit eine Art Phlogiston wäre, das entweicht, wenn ich für Humanismus brenne.

Wilhelm ist wieder in der Sprache – beziehungsweise davor.

Ja, ich versuche meinerseits, Schellings Fersen zu kitzeln, indem ich
mich philosophisch versteige, dazu versteige, gleichsam auch die
Brandursache der Poesie herauszufinden. Schließen wir einmal
aus, daß Fauchen und Röhren auf mählich wundersame Weise in
Reden und Singen umschlug (wir schließen Wunder nicht aus,
wollen sie aber begreifen), und folgen wir nun auch dem werten
Herder nicht mehr, der seinen Ursprung der Sprache denn doch
als Stühletausch darstellt, weil er den Menschen auf Sprung- und
Kletterkünste verzichten läßt und ihm zum Ausgleich dafür die
Rede in den Mund legt – dann fangen wir von vorn zu fragen an:
Wer hat den Kohlenhaufen angezündet.

Ist nicht Sprache die Kohle
   Und Poesie der Diamant?
   Daß mich der Teufel hole –
   Was hat vorher gebrannt?

Prosit, Ludwig! Wie göttlich du den kleinen Unterschied hervor-
kehrst. Gewiß wird Novalis uns hierin ebenfalls beispringen.

Kitzel später den Papst, Fred, erst muß der Porst sich jucken. Was
vorher gebrannt hat, wäre der Uräther – beileibe kein urväter-
liches Fixum, weil selber wieder zertrennlich in Myriaden Ener-
gien, (in Herders Sinne:) wirkende Kräfte, das heißt, zum Wirken bereit, aber noch in der Fülle gebunden. Wir wissen es nicht,
denken uns aber hinein, denken uns die wirkenden Kräfte nicht
gesichtslos-unbezeichnet, sondern als tönende Vielfalt von Vo-
kalen – was sie Sphärenmusik oder Sterngesang nennen – und
flirrende Vielfalt von Konsonanten, bereit, sich zu Materie zu
verdichten, doch nicht zum rohen Kloß, sondern diesen von
innen bis zum kompliziertesten, feingliedrigen Geschöpf zu pla-
stizieren. Die Sprache wäre also älter als der Mensch, beziehungsweise, der Mensch wäre aus Sprache gebildet.

Das Schaf aber auch. Und das spricht nicht, sondern blökt.

Warte, ich war nicht am Ende. Das Alphabet ist das Gedächtnis der
  Entstehung des Universums. Doch einzig der Mensch erinnert
  sich! Schluckt sie, meine Mittagshypothese, oder würgt sie aus.

Sie ist schon herunter, und wie köstlich, lieber Schelling. Der Kehlkopf als Gedächtnisorgan ... Breitet sie aus, die Laute der Sprache, setzt sie nach den Schlüssen der Naturphilosophen, und ihr
  habt ein Tableau der Erdgeschichte ... Wir haben aber soviel zur
  Poesie gesagt, nur hier will sie noch hineingeheimnißt sein und
  von der Sprache schlechthin unterschieden. Spielen Temperament und Konstitution, sowie gesellschaftliche Bestimmung,
  eine Rolle. Erinnert der Hypochonder seine Welt als Litanei, der
  Philister als Codex, der Nüchterne als Bericht, so wird der Froh-
  gemute niemals der Weisheit und Leichtigkeit seines Wesens-
  grundes vergessen, die er die GOLDENE ZEIT nennt, und faßt
  sie in die harmonischen Maße und zauberischen Reize der
  Dichtkunst ... wenngleich wir im Laufe manchen Tages alle jene
  Zustände wie eigene Röcke tragen und wieder ablegen.

Der Schatzmeister Bilanzen
  – und Boccaccio Stanzen

Meister Wilhelm schrieb unlängst, die Sprache sei das große, nie
  vollendete Gedicht, worin die menschliche Natur sich darstellt.
  Ich will den Eröffnungen meines Bruders keinen Riegel vor-
  schieben, indem ich etwa noch die eigene darstelle, noch in di-
  verse historische Fanfaren stoßen, sondern schweige frohgemut,
  weil ich auch satt bin.

Zum Wohl, Freunde. Zu den zauberischen Reizen der Dichtkunst
  wollte ich in der Tat euch reizen, die Gelegenheit ist günstig –
  wann sitzen schon einmal sieben Planeten nebst Trabanten am
  Tisch, wodurch die Marken von Sauerstoff und Sauergemüse

zum mindesten auf der Ebene des Gleichnisses überwunden scheinen. Somit auch die Reisigfeuer, auf denen Interjektionen zu Lyrik brennen, et cetera. Haben nicht aber rohe und gestaltete Sprache, wie dumpfes und bewußtes Dasein, ein Gemeinsames: die Zeit. Ist Zeit nicht zugleich die Übersetzung der Sternenbahnen in unsere Anschauung.

Chronos, logarithmiert.

Logos, chronographiert. Nonsens, nihiliert. Stört um Himmels und Herders willen Wilhelm nicht beim Sprung durch den Reifen, es ist ein Glück, wenn er als Mensch, und nicht als Großkatze, ergo sprachlos, wieder aufkommt.

Zeit ist nichts Mähliches und wahrlich eine andere Art Unruhe als die, welcher ich das Zucken und Rücken des Minutenzeigers auf meiner Taschenuhr verdanken muß …

Meinst du, Zeit ist die Kategorie, die wir setzen, um aus einem Museum toter Gegenstände ins Leben zu treten. Ohne Zeit fielen Geburt und Tod zusammen.

Noch tiefer dahinter. Zeit verzehrt den Raum. Gedenkt auch der Lichtgeschwindigkeit. Bringt mich eine Viertelstunde hinunter ins Paradies, braucht ein Sonnenstrahl nach Jena nur acht Minuten. Was alles uns in jedem Augenblick durchzieht und durchsticht, elektrisch, magnetisch, metamagnetisch, wer könnte es bis heute bestimmen oder nur empfinden.

Zum Schwachwerden …

Zeit ist ein Flammenmeer, permanent und seit Anbeginn, das in Folge Schlacken hinterläßt. Den Äther. Die Elemente. Die Körper. Den Atem. Die Versmaße. Schelling hilf, ich bin nicht bei Schusters Leisten geblieben.

Zeit mag ein Flammenmeer heißen, doch ist sie wiederum Flammendes und Geflammtes zugleich.

Ist Zeit nicht selbst ein Raum, insofern, als sie erst, durch Taten und Leiden der Geschöpfe angefüllt, manifest wird.

Sag: bewußter Geschöpfe. Zeitbewußter Geschöpfe. Zeit entsteht im Bewußtsein, als Begriff eines Nacheinanders von Ereignissen.

Prosit! Zurück in die Zukunft! Die Schulbänke aus kantigem Fichtenholz – verheizt sie! Wilhelm will von aller angebrannten Philosophie zum Feuer vorstoßen, das ihm sein Körper bereitet und das keinerlei Sauer- noch Kohlenstoffe freisetzt, sondern daktylische Versreihen oder die Odenstrophe!

Ihr wollt nicht allein meine Freunde, sondern überdies meine Ärzte sein. Kein besserer Krückenmacher als mein jüngerer Bruder. Oder seht ihr mich schon im Rauch der Jenaer Inquisition und habt euch konspirativ zum Totenmahl versammelt. Im Hexameter steigt mein Fleisch und Blut in den Himmel, im Pentameter drauf fällt es als Asche herab. Vor der Asche hütet euch aber, sie glüht noch. Nun, nichts für ungut. Ich hatte meine Reihe denn zu flüchtig ausgezeichnet. Encore une fois. Zeit verbrennt zu Äther (was die Alten so nennen). Das Wort Brennen ist freilich approximativ: die heftigste uns vorstellbare Verwandlung. Freilich verliert ferner die Zeit hierbei nur einen geringen Teil ihrer selbst. Äonen später reiben oder reizen Zeit und Äther einander und brennen zu den dichteren Elementen herunter – inbegriffen die notorischen vier wie sämtliche neueren Datums gefundenen Elemente. Mit der Zeit entflammen und erkalten dieselben zu Körpern. Nach wie vor sind wir jedoch von amorphen Elementen, unendlichem Äther, freier Zeit umgeben (wenn es uns auch an letzterer oft zu mangeln scheint). Was endlich Zeit in ausgepichten Körpern zündet, ist ein Pulsen und Atmen, heißt Leben schlechthin. Nun sage ich, daß schiere Sehnsucht keinen

Vers gebiert – sondern daß leib-eigene Zeit, gemessen am klopfenden Herzen, angefacht durch den Blasebalg namens Atem, ein unendliches Lohen, abzuklingen vermag im Gesang und Gedicht. C'est tout.

Halleluja, Schlegelikotatos. Nur Kinder scheinen solcher Abfuhr noch nicht zu bedürfen. Dörthchen schläft fest, und Philipp sitzt unterm Tisch mit der Katze.

Komm herauf, Philipp, du kannst noch nicht satt sein, dazu hast du zu viele Bohnen übriggelassen.

In Berlin gab es niemals Kieseln zu Mittag, Herr Leutenant.

Phil, was sagst du, jetzt hast du Tante Caroline beleidigt. Es gab sie doch auch, nur zu Mehl vermahlen. Ach, was sag ich.

Ich dachte, das war Mehl aus Kichererbsen.

Ob Kirchererbsen, ob Bohnenkummer, ich bin nicht beleidigt und kündige Plätzchen an, für jeden, der seinen Teller so brav leergegessen hat, daß das Blaue vom Boden zu sehen ist! Ihr Großen, laßt euch noch vom Köstritzer nachschenken. Es hilft – gegen Sodbrennen.

Die Sachsen sagen Ochsenzähne.

Poesie wäre also Naturereignis – plus Arbeit.

Das wußten wir schon.

Es gilt wohl für alle Kunst.

Es stimmt auch nicht. Alldieweil ich mich selber ereigne, ehe Poesie daraus wird.

Es geht denn nicht um Naturphilosophie, sondern um Naturdefinition.

Laßt sie uns nicht plattreden noch mit ewig ersten Schritten wiederum platttreten: die Entlarvung der Dichtkunst als Abkömmling der Feuergenerationen des Universums.

Fürwahr ein Geistesgewitter! dank Ritter.

Ob wir womöglich einer Epoche zugehen, die aller evolutionären Geduld entbehrt. Sehen wir es oder setzen wir es, das Ende der Uniformität der Weltbetrachtung – und ein Gedicht ist stets das jüngste Glied der Welt, so wie Orpheus ihr ältester Sänger ist. Haben wir uns zu lange mit Mixturen beschäftigt, das heißt, wir studieren die Ähnlichkeit von Verwandten, lassen Einheirat eben zu, doch nur vom nämlichen Stamm. Üben wir so die Rechenkünste des Zahnlückenknirpses, das sind Zufügen, Abziehen, allenfalls Malnehmen, kaum Teilen. Ziehen wir nicht die Wurzel. Sie wächst ja auch erst. GEHEIMNIS DER TRANSSUBSTANTIATION – wir reiten drauf herum, sie ist unser Steckenpferd, aber keine tragende Stute. Was wir ahnen, begreifen wir nicht. Goldmacherei, sie endete beim Porzellan. Die reichere Linie läßt es sich an Feiertagen draus schmecken. Wir bleiben irden, nicht wahr, Karl.

Bei Gott.

Es lebe das Mahl der Erdenfreunde um unsere anmutige Dame Demeter, Caroline! Ein Prosit – dem Leben!

Prosit!

Das Essen ist noch nicht zu Ende. Tante Caroline hat etwas versprochen.

Die Plätzchen eilen auf Roses Fuße herbei, wenn du mir deinen Teller zeigst und ich unten das Blaue seh.

Hier ist ein blaues Loch, siehst du. Außer den Plätzchen hast du noch etwas anderes versprochen.

Noch etwas?

Ja. Daß wir unseren liebsten Gast auf den leeren Stuhl setzen dürfen.

Gott gebe uns das Gedächtnis von Kindern –

– und Katzen.

So wie Kinder unser Gedächtnis der Götter sind …

Ihr Faselköpfe, jetzt ist Philipp an der Reihe. Wen möchtest du denn auf den Stuhl setzen?

Jona, meinen großen Bruder. Er ist neun Jahre alt und wohnt bei meinem Vater in Berlin. Ich habe ihn sehr lieb. Jetzt seid ihr dran.

Wohlan, Philipp, den Jona hat nur der Fisch namens Zeit geschluckt, du siehst ihn wieder. Ich möchte unseren Bruder einladen, der seit zweieinhalb Jahren ein Engel ist. Erasmus, den Jäger. Er schoß manchen Vogel ab, am liebsten gefaltete Briefe. Noch lieber pflanzte er Bäume, Friedens- und Purzelbäume. Nicht wahr, Fritz, wir rücken ihn in unsere Mitte, so wie er früher im Alter zwischen uns war.

Er ist ja hier, Karl, und macht mir dich doppelt teuer, da er in dich hineingeschlüpft ist und folglich abwechselnd ihr beide in Sorge um mich deine Stirn kraus zieht, einmal er, einmal du selbst. Weshalb der Platz neben uns wieder frei ist und ich ihn meinerseits mit keinem Engel besetze, wie ihr nun gewiß gedacht hättet.

Nein – wo das Paradies auf Erden liegt, am Strand der Saale,
wünsch ich mir Julie, meine Braut, zum Mittagsmahle.

Der Platz ist frei und auch der Name
  Da greif ich zu und rufe eine Dame
  Vergib mir daß ichs tu mein Bester!
  Sophie heißt Ludwig Tieckens Schwester

Wie fahren wir weiter nach dieser Herzblattvorstellung mit dem
gediegenen Abgesang. Wie wirbeln evozierte Gesäße überm Pfühl
des Beistellstuhls.

Wer ausgetrunken hat, soll weiterfahren.

Aber doch nicht, ehe der Becher ihm neu gefüllt ward.

Indes du reklamierst, rinnt dir aus Roses Bouteille schon Schaum
vom Daumen.

So hilft es nichts, ich wage sie denn, die Beschwörung deiner
Schaumgeburt, indem ich dir rasch aus Schaum einen Schleier
mache, lieber Gefährte, worin du doch wie eine Sphinx verborgen bleiben sollst – und sei es nur vor der Erinnerung an den gestrigen Abend, da dich Novalis zum Schleiermacher der Jungfrau
berief – auch diese sphinxös, anzüglich-abstößig, selbst für unseren Geist, der, ihm wohlgewogen doch zu leicht befunden, zwischen Schreck und Hörigkeit nicht mehr die Tür fand. Mein
Freund, mit dem ich öfter gespeist, zumal gefrühstückt habe als
mit irgendwem sonst, wurdest du nicht deiner Reden wegen,
zwar vergeblich, eben erst zu Berlin in den Sack gesteckt: um dir
den freien und offenen Blick zu benehmen, mit dem allein man
das Universum findet. Sieh her, mein Daumen ist blank gelaufen,
im Labebecher zerteilt sich der Schaum. Ich hebe und leere ihn
in deinem Namen, Schlei, tinca tinca, Urahnfisch aller je einem
guten Tropfen verfallen gewesenen Feueranbeter!

Prost, Pastor Schleiermacher, auch von mir, dem Philipp Veit! Friedrich und ich, wir rufen alle liebsten Menschen zuhause, kommt zu Tante Caroline, es gibt Plätzchen! Jetzt hört, wen die Mutter sich aussucht.

Phil, sei still, ist wieder das Fohlen in dich gefahren. Wenn es aber sein soll, will ich in dieser Stunde, so wie der Leutenant, mir jemanden aus der Erde heraufwünschen. Ich bitte, verzeiht mir, den toten Moses Mendelssohn in unsere Mitte und sage ihm leise: Komm, Vater, sitze einen Augenblick bei uns, freu dich am Licht, an soviel gütiger Freundschaft, segne du diesen Kreis.

Willkommen! Willkommen Vater wie Tochter! Liebste Dorothea, durch dich sind wir nun auch an einer Tafel des Moses gesetzt.

Fein, daß Herr Ritter fehlt.

Fehlt? Mein Kind, bist du toll.

Weil es statt Herrn Ritter gleich elf Überraschungen gibt.

Elf? Du hast dich verrechnet. Dörthchen kann noch nicht sprechen.

Weiß ich ja, Herr Schelling, Windelkinder zähl ich nicht mit. Aber Rose kann sprechen.

Rose – läuft nur tapptapp.

Widersinnigerweise –

Fang nicht wieder an. Wir sind modern –

Die Rose erwartet die Nachtigall – auch wenn sie, wie die unsrige, noch nicht weiß, in welchem Busche dieselbige wohnt.

Malchen kann auch nicht sprechen.

Was sagt ihr da? Ich hab euch fleißig zugehört. Hab auch schon
überlegt, wen ich von meiner Famlie herbeiholen soll. Bin aber
ganz zufrieden, mit dem Kind auf meinem Schoß und dem
Mann an meiner Seite – säße Ludwig dort drüben, könnte er mir
weniger behilflich sein.

Aber vielleicht freier dichten – nicht bloß bei Tische reimen.

Herr Friedrich, ich weiß, daß Sie Scherze machen und die langen
Bücher meines Mannes hoch schätzen.

Gewiß, Madame Amalie, wir sind in der Bewunderung des Talents
Ihres Gatten einen Herzens. Wollte Ludwig Ihnen doch eines
Abends, Busen an Busen, erklären, daß Künstlers Frechheiten
nichts als Dornen sind, die nach innen wachsen.

Warum denn. Tag um Tag seh ich euch leiden, das ängstigt mich,
ärgert mich auch.

Wohlsein, Malchen. Sie sind uns allen voraus, nämlich, indem Ihre
Sehnsucht nicht mehr draußen sucht, sondern schon hier drinnen gefunden hat. Möchte das Wort nicht, je eher je besser, Sehngefunden heißen.

Sehngefunden? Du liebe Güte. Ich lausche euch so gern, wäre nur
weniger Gift im Spiel.

Laßt mein Malchen!
  Holt unsereins sich in der Höh
  Kalte Höschen
  Wärmt sie im Talchen

Himmel, der Abgrund, der sich da auftut, den füllen wir diesen
Mittag nicht mehr mit Milch noch Gemüse.

Fast fürcht ich um mein Kind, um Ludwig sowieso.

Eben eben, Madame, wollen Sie darum unserem Spiel ganz ungiftig auf die Sprünge helfen und angeben, wer sich als nächster seinen Gast küren soll.

Ja, ich bin neugierig, wen der Professor August Wilhelm einladen wird.

Die Antwort ist knapp: am liebsten Goethe. Er weilt in der Stadt, ein paar Dachbalken weit entfernt. Setzen wir auf ihn, er setzte diesem Tag die Krone auf.

Tusch, Trommeln, Fanfaren. Fehlen noch zwei (falls Philipp zustimmt) Sturzgeburten des magischen Idealismus.

Setzen, setzte, gesetzt. Dem Begründer der Setzerei, dem hierbei sein Stuhl zu Bruch ging, sei der unsrige sicher. Schelling zitiert seinen Lehrer Fichte. Das eitle Jena warf ihn hinaus, das geistige kennt keinen Hinauswurf. Wir sitzen zu elft am Tisch, macht zwölf mit laufender Rose, ständig redet mindestens eins, bleibt an Schweigen ein Vielfaches. Ich meinerseits bin sicher, daß wiederum ein Teil dieses Schweigens um Fichte kreise – so wie auch die Nachtseite der Erde jeweils, als Teil derselben, nicht aufhört, außer um sich selbst um die Sonne zu kreisen.

Beim Zeus, du schleuderst Höflichkeitsblitze, doch ich glaub dir nicht ganz. Bist du nicht längst auf dem Weg, jupiter- oder gönnerhaft, selber Sonne zu werden.

Vergangenheit ist nicht abgelaufen, Zukunft nicht ungeschehen.

Mit welken Floskeln lenkst du weder Katzen noch Leute ab.

Göttliche Freunde, bezähmt euch, weckt mir den Kater Novalis nicht. Wenn der vom Traum zum Angriff übergeht, findet uns das Mondlicht noch an geplünderter Tafel.

Liebste Caroline, es gibt noch etwas dazwischen. Beim Kater zwischen Traum und Jagd das Auf-der-Lauer-Liegen. Beim Menschen zwischen Traum und Tag vielleicht ein Erdbeben-Zählen, ein Beobachten des gärenden Sauerteigs. Welcher doch von wohlmeinenden Bäckern angesetzt wurde.

Euphrosyne
(sanfteste der Chariten)
Wird zur Teuflosyne
Bei den Jeniten

Meine Herren, es reicht – und hätte auch nicht gereicht für die Korona der Heiligen, denn Speis und Trank ist uns ausgegangen.

Wie gut, daß Paulussens quittiert haben.

Nun, so wars nicht gemeint. Zwar sind wir bis heute des Zaubers nicht mächtig, eine Speisung der Fünftausend zu bewerkstelligen, doch findet sich wohl jede Hausfrau mitunter hierzu auf dem Wege.

Caroline, siehst du, was dieser Naseweis und Augengroß von meinem Sohn dir sagen will: Dein Wunsch ist noch offen.

Unser aller Wünsche sind offen – meiner allein ist so offen, daß ich ihn kaum zu sagen brauche. Ach, müssen mir jetzt am Ende unserer übermütigen Mahlzeit die Tränen laufen. Uttelchen, ich weiß, du würdest dich um leere Schüsseln, kahle Krüge nicht scheren, dir wärs genug, deinem Mütterchen um den Hals zu fallen. Meine schöne Auguste – halb altkluges Kind, halb flügge Jungfrau von Schöpfers Gnaden – warum auch die Abschiede mitwachsen, vom kleinen Lebwohl bis zum endlosen Auseinandergeschnittensein.

Sei tapfer. Sie kommt ja bald von Dessau.

Ja, Wilhelm. Ob sie in diesem Moment mit den Tischbeins zu Tische sitzt. Oder sitzt sie ihm noch, und er steht, an der Staffelei, versteht sich, damit wir ihr längst begonnenes, lange avisiertes Portrait nächstens in Händen halten. Malt der Meister doch in trüber Jahreszeit über den Mittag, der kargen Helligkeit wegen. Untersteht er sich etwa, an irgend einer anderen Person zu pinseln. Dann gib es ihm, Uttel, und schmettere Arien aus deiner Kammer, die hohen Stellen hübsch laut – schmunzelt ihr nur – die soviel Übung kosten, bis sie uns statt auf die Nerven zu Herzen gehen.

Wenn sie hier ist, gibt es ein Galakonzert mit Spiegelgalerie, ich meine, sie singt, und ihr Liebreiz spiegelt sich in Tischbeins aufgehängtem Gemälde. Hymnen, Festreden, alles was Sprache heißt, sollte wohl vom Hause aufzubieten sein.

Ja, Schelling. Bis dahin wandeln wir noch einige Male ins Paradies und retour.

O weh, haben wir nicht vergessen, Dörthchen ihr Bäuerchen machen zu lassen.

Auch das möchte sich im Zuge von Leutragasse bis Fischergasse erledigen – sintemalen Ludwig sie schleppt und wegen seines Rheumas ein wenig humpelt.

Auf auf – zum besseren Verdauen
In die Saaleauen!

GÄNSEMARSCH

Das Schurren und Quietschen der Stuhlbeine auf den Holz-
dielen, dazu die Uffs, Alsodanns und Hawieguts aus zehn kräftigen Stimmen, die bei der plötzlichen Befreiung ihrer Körper
aus der geknickten Sitzpose ihr Ebenmaß verloren und je nach
Wuchs und Statur fistelig hinauf- oder bauchig hinabfuhren,
verursachte mit einem Male einen Höllenlärm – wenigstens
mußte es einem Geschöpf mit dünnen Nerven, wie Caroline sich
fühlte, diesen Eindruck machen. Das Geklapper eilfertig einge-
sammelten Geschirrs und zusammengeworfnen Bestecks tat das
Seine. Der Blick auf den unschuldigen Säugling, nicht vom eigenen Blute und bei allem Getöse satt weiterschlafend, half nicht,
traf eher ins Schwarze, ein Schwarz, welches eben vor ihrem
Gesicht aufzog und rasch in eine weiße gestaltenlose Helle umschlug, gleichsam in den milchigen Novemberhimmel draußen
über Jenas Dachfirsten, während sie pflichtschuldig auf die Füße
sprang. Hiermit hätte sie säumen sollen. Eitle, würdige Dame des
Hauses: nie gelernte Lektion. Denn nun war es, als träte ein Fuß,
mit der Sohlengröße der Decke des Eßzimmers, bleischwer auf
ihren Scheitel und löschte Sinne wie Gesittung für Atemzüge
aus.

Vielmehr, das Auge versah seine Arbeit doppelt, es meldete zwei-
erlei Wirklichkeit. Dort unten, wie hinter Schleiern entrückt,
den rührenden Aufbruch der Tischgemeinde, so fern, als liefe ein
Puppenspiel ab, als stelzte ein Kreis geschnitzter Figuren, unsichtbar gehaltenen Fäden gehorchend. Reißt euch los, meine
Lieben, fangt mich auf, wenn ich aus der Höhe herabstürze. Jede
geöffnete Hand die Feder eines heimelig weichen Kissens, in
dem ich schlafen möchte wie Dörthchen, von jetzt bis ewig.

Oben hinaus, viel freie Luft und eine noch wundersamere Art
Marionettentheater. Schier hundert Kostüme schaukeln auf
Kleiderbügeln, die herunterhängenden Ärmel zeigen Verzweif-

lung an, doch die Figuren fehlen. Es muß eine arme Gesellschaft sein, die hier auftritt. Dürftige baumwollene Hemden, in Hüftlänge abgeschnitten, roh umgenäht, ohne Schmuck, ohne Aufputz, nur wo der heftige Wind dazwischenfährt und eine Vorderseite bloßfegt, schreckt ein Zauberemblem, grellbunte Schriftzeichen einer fremdländischen Sprache, als wollte die Brust, die darunter atmen sollte, wenn sie es denn täte, ihre Zartheit mit einer kläglichen Blutrunst markieren. Dante, sind diese zusammengerückten bleichen Wanderkarren eine neue Partie deines Infernos. Ist die Hölle ein Markt.

Liebe, ist dir nicht wohl.

Nächste Bühne, bitte, die Hosen. Ein falbes Blau, teils uni, teils mit eingefärbten weißlichen Flecken, eine künstliche Abgetragenheit, als sollte der Weg, den Beine darin zu gehen sich anschicken, schon endlos gegangen sein und zu nichts mehr führen. Immerhin, die andere Leine, zur ersten in rechtem Winkel gespannt, bietet ein flatterhaftes Paroli mit Pluderhosen, die bunt aus der Reihe tanzen, wenn ein Windstoß sie trifft, geblümte, karierte oder nur wirr gemusterte Musseline. Aber was da die Beine wirft, ist eine Chimäre, ein Luftgeist. Wenig weiter, dreht sich der Spieß. Ein übler Geruch von geröstetem Fleisch füllt die ganze Szene. Hammel, ich wette. Ich will brechen.

Setz dich einen Augenblick. Bis das concilium seine Schals und Hüte gefunden hat, vergeht eine Viertelstunde.

Ich kann nicht zu euch herunter. Eben hatte ich Angst zu fallen, jetzt schwebe ich wohl aufgehoben über euren Häuptern, vielmehr, genau über meinem. Da ist noch etwas außer mir, mit mir: eure mir aufgedrungene edle Uhrzeigersucht - wo waren wir stehengeblieben. Die Seele fehlt. Sie wird aber ausgestellt. Lassen Hosen und Hemden eine gewisse Größe vermuten, abgewiegelte Maße der Käuferkörper, vergeßt dieselben, sie schnurren zu kauzigen Gnomenlarven zusammen, am Stand nebenan, in offenen

Schächtelchen, gräberchenartig nebeneinandergereiht. Was drin-
liegt, will heißen Philisters Phantasie, Idole mit Perlennasen,
selbstleuchtenden Funkeläuglein, Fledermausohren, aus einem
Stoff geformt, den kein Freund Ritter bestimmen könnte. Aus-
gegraben aus den Hexenküchen der Zukunft.

Wir sollten ihr Tropfen auf die Stirn träufeln, die Handgelenke ein-
reiben.

Gedulde dich, ihre Augen lachen.

Wir hochfahrenen Leute haben verspielt. Larve zu Larve, Satz
zu Satz. Am Ende sind wir alle gemein, wiegen im Arm ein
Frätzchen aus billigem Trödel, das teurere ward uns genommen.
Ich friere. Der elende Wind verzwirbelt meinen Lebensfaden. Soll
er ihn stutzen. Oder stehn mir die Haare zu Berge. Pfui, der häß-
liche Hut, den die Nachwelt mir draufsetzt. Ach, wo bleib ich.

Von Lachen – keine Spur.

Halt sie nur fest, Wilhelm.

Haare, was sag ich, die fliegen schon, wo früher Häuser waren.
Adieu, meine Locken. Ich schlucke – ins Nichts, die Gurgel
versagt, der Schlund ist durchtrennt. Laß sausen, Schädel, roll
zur Saale hinab. Hatten dereinst nicht orientalische Krieger
ihren Opfern den Kopf abgeschlagen und auf die blutigen Hals-
stümpfe Platten aus glühheißem Eisen gedrückt. Die kopflosen
Leiber rannten mit ihrer Last noch hundert Fuß weit. Ob heiße
Eisenplatten, ob kalte Pflasterquadrate, die Wirkung ist gleich,
der Krieg heißt Geschichte, die Opfer sind wir, die Geister in alle
Winde, der traute Körper jedes von euch ab der Schulter mit
einem Schild aus gegossenem Straßenpflaster in die Erde gepreßt, und drunter laufen wir noch auseinander …

Wo ist Dorothea, sie könnte doch helfen!

Dorotheas Alt hör ich unten in ihrem Zimmer Philipp eine Phi-lippika halten.

Was hat der Schelm wieder angestellt.

Philipp? Der arme, er muß ins Bett, zwecks leidigen Mittags-schlafes, wie gehabt. Ich schicke ihm Rose hinunter, damit seine Mutter sich fortschleichen kann. Kinder, ich bin wieder da, mir ist besser.

Was war dir, Liebes?

Ein Schwächeanfall. Ich glaubte mich ohne Haut und Haar in einer Etage der Hölle.

Künftig müssen wir vorsorgen –

Künftiges laß. Es hat nur immer Tod gebracht. Gehen wir jetzt.

JETZT meint einen Zoll der verstreichenden Zeit, der allerdings stets mit der Anzahl der an der beschlossenen Handlung, hier des Gehenwollens beziehungsweise Nichtmitgehendürfens, be-teiligten Personen malzunehmen und alsdann so oft zusammen-zuzählen ist, wie eben die Anzahl beträgt. Macht bei einer Zwöl-ferschar einen reichlichen Klafter die Länge und Breite. In der Gruppe stand es zehn gegen zwei. Die Mehrheit wappnete sich für den Ausgang, indem sie sich wärmer anzog, ein Akt, der sämtliche Stiegen und Geschosse des schmalen Hinterhauses in Schwingung versetzte. Unendlicher Mangel des Menschen ge-genüber den Tieren: Letztere sind mit Fell oder Schwarte allen Wettern gewachsen. Sie scheinen auch nicht von Reißen geplagt. Undenkbar die Katze, dachte Tieck, die sich zwecks Mäuse-fangens erst in passende, derbere Garderobe würfe. Sie war zu jener Lust längst in den Hof entwichen. Er hockte auf einer Treppenstufe, um seine Füße in die dort abgestellten Pelzstiefel zu zwängen, und die Stiefel des Katers waren es nicht.

Tieckens Mühe diente denn immerhin einem erwachsenen Plan. Wie gnädig gern hätte Philipp, mit Schlafkarzer belegt wegen nichts als Kindsein, im besonderen Falle sich lange Strümpfe, Kappen und Lammkragen anpusseln lassen, bloß um an der Hand des Hardenbergschen Soldaten, Friedrichs oder notfalls der Mutter durch windiges Paradies zu streifen. Nichts da. Stattdessen fand er sich noch seines Samtjäckchens beraubt, mit dickem Plumeau beschwert in der Obhut von Rose, die selber so hassenswert weise war, Ungedurftes gleich gar nicht zu wünschen. Zwar stand oben der Abwasch an, gewissermaßen die leichtere, singend zu leistende Pflicht als Lohn nach der Kärrnerarbeit, Phils Augen zum Zufallen zu bringen. Laß die Herrschaften ziehen, sie kommen auch nicht sobald wieder. Wenn du aufwachst, darfst du im Hof spielen. Die Herren Fabulanten und lieben Tanten kennen nicht Roses Geschichten. Sie können auch nicht Roses Dialekt. Wenn Rose spricht wie daheeme, vom Huhn, das sich im Wald versteckt, dann schlummern Preußenwichte ganz bequeme.

Anders besehen, steckte Philipp wiederum eher mit Dörtchen unter derselben Decke. Beide waren mit dem, was sie sollten, nicht einverstanden. Philipp wollte hinaus und mußte schlafen, Dörtchen schlief und mußte hinaus. Unbillige Ordnung im Schatten einer Gemeinschaft, die sich der Freiheit und Gleichheit pries. Schon beim Stühlerücken geweckt, schnaufte der Säugling tief an gegen ungestümes Gepreßt-, Gehoben- und Fortbewegtwerden, und sein leiser seidiger Traum zerriß ihm in Stücke. Der Geruch des haarigen Wolltuchs, in welches Malchen ihn mit Carolines Hilfe bis über die Augen und unter die Nasenlöcher einzumummen versuchte, brachte ihn vollends zum Schreien. Das Geschrei dauerte an und verschluckte alle zweckdienlichen Hin- und Widerreden der umherlaufenden Generation, das Wetter und die Herbstkledasche betreffend.

Drei Damen mit Muff. Wir treten wohl eine Schlittenfahrt an.

Es sieht auch hübsch aus.

Ja – sozusagen känguruhmodern.

Er kommt von dem Tier nicht los.

Die Hände zwei Zwillingsjunge, die so possierlich hinein- und hinausschlüpfen.

In Känguruhs Breiten dürfte jetzt Maiwetter herrschen.

Ihr Affen. Wir geben den Bäumen des Paradieses keine Alamodeschau. Uns frieren die Finger.

Friedrich hat recht. Nimm du deinen Muff, Caroline, ich laß meinen zuhause. Am vierzehnten November mag es genügen, die Hände im Schal zu vergraben. Ein Muff – macht doch dick.

Friedrich hat nicht recht, aber Gründe. Er fürchtet, an seinem Ziegenhainer daherstapfend, zwischen uns wohlangezogenen Leuten wie ein Urmensch mit Hellebarde zu wirken.

Sieh an. Du zählst mich unter das Studentengezücht. Ich trag keinen Ziegenhainer. Mein Knotenstock ist aus gediegener Eiche und hat mir zwischen Leipzig und Jena schon manche Kutsche ersetzt.

Wanderstäbe dulden wir noch, nicht wahr, Novalis, bis hin zum ferneren Garden Eden. Den Degen haben wir abgeschafft. Nur Leutenant Karl muß seinen tragen.

Je nun, mein Bruder opfert sich und sei als Wächter unserer Reisegesellschaft aller Unbill vor. Nachdem ich selber mich selbst gegen Schelling lieber mit Worten schlage.

Daß Herzblut fließt.

Schade, daß wir nicht in Friedrichs Kutsche hineinpassen.

Warum?

Wenn ich unsere dünnen Jacken und Caracos sehe –

Denkt die Dame: Es wird kühl
Steckt sie ihr Schnupftuch ins Ridikül

Ludwig! Was unkt er da von der Treppe, wo er sich heimlich ein Fellwams untern Rock gezogen hat, als hätten wir Fimbulwinter! Halt er lieber sein Fräulein Schreihals fest, damit Malchen auch endlich in die Stiefeln kommt.

Nun seht mir aber August Wilhelm vorm Spiegel. Er schlingt und flicht sein Halstuch, daß es ihm bald als Trompeuse bis unters Kinn gereicht.

Der Poet hegt seine Kehle, den Hort von tausend ungesungenen Versen.

Schiefes Bild – da wir der oralen Tradition schon verlustig sind.

Ein Muff für Wilhelm!

Messieurdames! Allons!

Strenggenommen, gab es doch kaum etwas überzuziehen in Zeiten der verpönten Mäntel, die Damen hüllten sich in breite Kaschmirschals, die Fräcke der Herren waren gefüttert, hatten jedoch ihr Kennzeichen, lange Schöße, nahezu eingebüßt und damit ihren Namen. Wenn erst die Mode erlaubte, sie vorn so tief herunterzuknöpfen, wie sie sie hinten hinaufstutzte, dürften sie richtiger Gehröcke heißen. Einstweilen gingen Katarrh und Schwindsucht um, wer winters ins Freie ging, den faßten sie leicht, die Herren am Geschlecht und an der Brust, die Damen überallhin. Allein den Ohren wurde dank des Geschmacks an stattlichen, zugleich schmiegsamen Filzhüten einige Schonung zuteil, ohne daß hierdurch das Gehör und die auf Spaziergängen zu pflegende Konversation beschränkt worden wären.

Kurz, von bewußten zehn aufbruchbereiten Personen mußten zuguterletzt neun nur noch ihre Hüte aufsetzen, drei Damen, sechs Herren, eine leise, gleichsam feierliche Handlung, bei der die Zurufe zwischen den Etagen verstummten, denn Kinn und Wangen hatten nunmehr jenen entscheidenden Moment lang regungslos zu verharren, den es braucht, um den Sitz des Filzes zu überprüfen, den Rand ein Stück tiefer herabzuziehen oder die Krempe in gefälliger Schräge auf- und niederzubiegen. Letztere, die Krempe, zierte namentlich Damenhüte, was von Windes wegen eine weitere, heikle Mühe erforderte, nämlich, behutsam doch treffsicher, einzelne Hutnadeln durch den Stoff, durch eine Strähne des Haars und zurück durch den Stoff zu stoßen, ohne hierbei mit dem Arm den kunstvoll arrangierten Bau des Ganzen wiederum zu zerdrücken. Selbst die kleine Tieckin hatte sich vor soviel angespannter Stille beruhigt und, mittlerweile auf Vaters Knien, vielmehr zwischen diesen wie in einer Zange steckend, mit dem Ausmarsch abgefunden.

Wir sind ja im Theater, sagte Dorothea noch einmal, jetzt leise zu sich selbst, indem sie die Tür ihrer Stube von außen zuzog. Der Satz wurde zum Schlüssel, den sie wieder und wieder in einem zu weiten Schloß herumdrehte, aber er faßte nicht, und die Tür blieb offen. In diesem Hause wird nichts abgeschlossen. Niemand stiehlt etwas, weil einer, was er denn finden könnte, bereits besitzt oder nicht sucht. Sogar die Wände zu einem Publikum sind aufgelassen, und so entdecken wir, daß wir selber die Spieler sind, zu Szenen arrangiert auf einer mehrbödigen Schaubühne. Wer aber führt Regie. Sollte ein nächster Schreck bedeuten: item, wir selbst, jeder allein. Welch klassisches Stück wir geben, unter schönen Reden und zu ewig gewöhnlichem Schlusse hin. Im Orchestergraben verzehrt sich die Braut. Auf den Leitern und dem Zwischenboden allerlei Gedränge und affektierte Nebenhandlung, so daß der Bräutigam unterm Dache, gespornt und entschlossen, nur gegen Hindernisse auf die Erde hinabgelangt, um seine Liebe hinaus in die freie Welt zu führen. Ach ja. Die Zuschauer: ein paar Spatzen und Tauben, sehen wir von Gottes Auge ab.

Der Bräutigam unterm Dache, Friedrich Schlegel mit Namen, langte gleichwohl, gefolgt von den Freiherren Hardenberg, die ihm wie ein Flügelpaar vom Rücken abstachen, als erster unten an, zog Dorothea (Schlegel in spe) durch den Bühnenausgang und rasch auf den Hof hinaus, wo er sie innig küßte und prompt wieder verlor, denn das Stück ging nicht dem Ende zu, sondern in Pause. Die beengten Verhältnisse drapierten die Gruppe mit jedem Atemzug neu. Wie ein Bach als schmaler Wasserfall den Fels herabspringt, einen strudelnden See bildet und wieder in eine Spalte gepreßt dem Tal zuläuft, so zwängten sich die Freunde, die bereits den Hof erreicht hatten, eins hinterm andern in den schlauchengen Flur durchs Vorderhaus, während hinten und oben noch die Treppe unter den Schritten der Nachzügler krachte und ächzte: gehöriger Theaterdonner. So fand Friedrich sich von seinen vormaligen Flügeln je einzeln befreit und überholt. Stattdessen hing ihm eben wie ein Sack Schelling über die Schulter. Im nächsten Augenblick schwamm dieser allen davon und nach vorn, Dorothea zuliebe, die nun wieder in die Reihe hinter Friedrich kam.

Ehe alle miteinander auf der mäßig breiten Leutragasse zu menschlicher Statur zurückkehren durften, galt es, die Hühnerstufe zu passieren, auf welche Protokoll und Proportion uns allzuoft hinabstauchen, jenen mißlichen Tanz des Nickens, Halseinziehens und Den-Diener-Machens: Habe die Ehre. Bitte nach Ihnen. Geh du vor. Bewahre aber nicht doch. Gern geschehen.

Zu gütig. Gestatten. Gnädigste zum Teufel wirds bald. Ganz meinerseits. Die Maße der Häuser gaben nun einmal die Sittenmaße vor. Tausend Dank.

Einzig August Wilhelm, per Zufall in der Mitte der Formation, fand Ergötzen daran, allein und gleichmütig die Stiege abwärts zu hüpfen, sodann im Hof einmal die Ronde zu drehen und gleichsam mit verhaltenem Walzerschwung durch den Tunnel zur Gasse hinauszurauschen. Hier machte er, mit einer erneuten Pirouette am Fleck, heitere Meldung, jäh kontrastiert vom Mißvergnügen Dörthchens, das diese soeben auf derselben Strecke erlitt und abermals, um Ecken und Winkel herum, ins Ohr der Welt schrie.

Bericht der Passion eines Wickelkindes zwischen Tür und Angel. Ludwig reicht Amalie das Balg. Ludwig erhebt sich von der Treppenstufe. Amalie reicht das Balg Caroline, denn mit Balg auf dem Arm ängstigt sie sich vor der Steilheit der Treppe. Ludwig geht voran. Amalie folgt Ludwig. Caroline folgt beiden mit Balg, reicht es drunten Amalie, eilt noch einmal hinauf, zieht droben die Wohnungstür zu und, wieder im Hof, auch die Haustür. Unterdessen wechselt das Balg an Ludwigs Brust. Dort soll es bleiben, doch Ludwig fürchtet, ob seiner Länge, beim Gang durchs Vorderhaus, mit dem Balg anzustoßen. Ludwig überläßt das Balg Amalie, die es ihm auf der Gasse zurückgibt. Mittlerweile ist die Zudecke heruntergerutscht. Amalie hebt das Balg in Ludwigs Armen beherzt an, Caroline richtet die Tücher, Ludwig packt von neuem fest zu. Amalie fältelt dem Balg eine Tüte aus Stoff ums Gesicht.

So stehn zum guten Ende alle im Freien und zählen durch, als Philipp barfuß, flatternden Hemdes herausgewischt kommt und mit gellem Siegesgeheul kreuz und quer durch die Gruppe schießt. Dorothea spürt, wie eine Ohnmacht sie ganz langsam aus der Senkrechten zieht und gegen die Wand neigen will. Viel eher jedoch fegt Rose dem Ausreißer nach, Flüche raunzend, fängt und schleppt ihn ins Haus zurück. Die Ohnmacht läßt ihr Opfer wieder in die Senkrechte pendeln. Bis Friedrich beginnt, gestrenge mit dem Knotenstock zu fuchteln, ist der Spuk vorbei.

Der Leutenant hat mechanisch an seinen Degen gegriffen, nun hängt ihm die Hand dort, so wie sein Mund in einem halb bestürzten halb gütigen Grinsen innehält, als hätte die Uhr soeben geschlagen, und alle Mienen bleiben versteinert.

Nun gut, Brüder ... Schwestern, nichts für ungut ... Wenn wir die Brüdergasse einschlagen wollen, faßt euch und tretet manierlich hintereinander, der Weg zum Paradiese ist fürwahr ein Gänsemarsch.

Breitet einer unbedarft die Hände
Streifen die Manschetten beide Wände

Ludwig hat jetzt Mundverbot
Weil Dörtchen sonst zu spucken droht

Malchen tritt in Ludwigs Spur
Dichtet wenig blasser nur

Wem soll das Geleier dienen?
Losmaschiert! ruft Carolinen

Eben eben. Schelling will hier vorn euer Welt-Stecher sein, wenigstens bis zur Collegiengasse, wo, wie der Name sagt, kleine Gruppen wieder unverrückt sich ergehen dürfen.

Was auch seinen Zweck hat. Wartet doch zehn Schritt rechts Alma Maters Kapelle nicht auf Individuen, nicht auf die Masse, sondern auf schickliche Häuflein solcher, die es sich mit einem bemoosten Gott in einem dicken Gemäuer wohl und genug sein lassen.

Du sagst es. Seit sie unterm Dach Böden und Buden einzogen, muß Gott gar mit schlafenden Häuflein, statt mit betenden, vorliebnehmen.

Da streichen wir links vorbei.

Stille! Gedenkt Fichtes Schicksal. Enge Gassen winden sich durch Philisters Ohrmuscheln.

Warum sagt Novalis nichts. Novalis hat doch gesagt: *Philister leben nur ein Alltagsleben … Ihre sogenannte Religion wirkt bloß wie ein Opiat … Früh- und Abendgebete sind wie Frühstück und Abendbrot …*

Wenn ichs gesagt habe, dann sag ichs nicht nochmal. Ich denke darüber nach, daß auch in unserem Paradies, unter Bäumen, Moos sich hinzieht. Darunter die alte Erde, Mutter unserer beiden Geburten, der zum Leben und der zum Tode. Wenn etwas sich ändern soll – dann muß Sprache sich ändern: bis in die Zeiten, ins Geschlecht, in die die Endungen hinunter, bis in die Anfangsbuchstaben.

Eine Poesie, die nicht bildet? Poesie, die zerstört?

Ein Zauber, wohlan – der nicht bannt, sondern freispricht.

Blabla.

Ironie, mit Verlaub.

Ironie operiert mit ungeschorenen Wörtern.

Vielleicht eine Zeichensprache.

Küssen, Liebkosen, Sich-Umhalsen inbegriffen.

Gut so, aber da stehen wir mit den Philistern artig angewurzelt auf demselben Rasen, ein faunischer Figurenpark.

Gebannt, nicht freigesprochen.

Meine Lieben, unter uns zieht kein Rasen, kein Moos sich hin, sondern immer noch brüdergässisches Pflastergestein, von dem wir uns schrittweis lösen können, wenn wir schlicht weiterlaufen.

War es mir, als hörte ich aus Novalis' Rede ein vages Mitleid heraus? Etwa Selbstmitleid? Möchte er den Philistern kein Härchen und ihrem Gott kein Barthaar mehr krümmen? Wünscht er die Synthese von pantheistischem und paternistischem Gott? Vorsicht, Freund. Blütenstaub ist ein dialektisch Ding. Zuviel Staub vernebelt die Gegend. Nur ein Korn, das ins Schwarze trifft, setzt eine Blüte.

Danke der Sorge. Auf einige Zeit will ich durchaus noch treffen. Auch ins Schwarze, Wilhelm. Was er so nennt. Den nächtigen, herrlichen – nein, weiblichen – Schoß. Auch mit Synthesen, trefflichen Synthesen. Scharfer Schluß. Welcher Einschluß.

Warum haben wir es nicht zur Kenntnis genommen. Novalis liebt. Deshalb war er, gegen sonst, so besinnlich bei Tische. Wo das Paradies auf Erden liegt – heißt seine Braut Julie, und er Romeo.

Warum hast du sie uns aus Freiberg nicht mitgebracht, Fritz-Romeo?

Weil sie noch nicht die Meine ist. Nur versprochen. Versprochen auch, daß ich sie euch vorstellen will. Sie gehört in unser – Collegium.

Vor vier Tagen genau haben wir unsere älteste Schwester verheiratet, auf Gut Schlöben. Sie heißt wie die Göttin der Gegenwart:

Caroline. Alles der Reihe nach. Mein Bruder ist der zweite Sproß der Familie. Möge er der nächste sein, der sein Glück besiegelt. Ich bin erst der vierte. Mein Name Karl – oder Charles, wenn einer es zärtlich mit mir meint.

Du bist der dritte, Charles, denn Eramus hat sich Reih und Glied entzogen und wacht höheren Orts, daß unsere Verhältnisse rasch und verläßlich in Seligkeit umschlagen.

… Seligkeit … schlagen … Hört das Echo, Gottes Stimme in Philisters Ohr. Oder umgekehrt. Ein schöner Nachruhm beim Verlassen der Klamm. Bitte, rechts einzurücken. Hier geht schon ein Lüftchen. Die Wände weichen dem Wind. Vorgeschmack auf unser Reiseziel, die unbehauste Au. Indem ich dieses euch zurufe, wie wenn ich mein eigener Vater wäre, Pastor Schelling im Schwäbischen, weht es mich wieder nach links, nämlich Süd, hui, nicht in mildere Zonen, sondern ins Scheinfreie: Bautenlücke der Ehrfurcht, der Furcht allgemein, weil, wo das Chorgemäuer der Collegienkapelle wie ein waagerechtes Zahnrad gemächlich durch Zeit und Lust rotiert, Sünders Quartiere sich füglich beiseitedrücken. Sonst mag des Mittags manch Rand eines Suppentellers zu bröseln anfangen, wie von unsichtbarer Säge erfaßt. Heiligs Blechle!

Davon sogar manch Mund eines Philosophen zu blödeln anfängt.

Wir hätten die Collegiengasse links gehen sollen. Am Rathaus, Unterm Markt vorbei. Das Kind hätte weniger Zug gekriegt.

Dein Kind mit Decken zu schützen, ist leichter, als uns vor Denunzianten. Unterm Markt geht ein Zug, der hat Fichte aus seinem Haus geblasen.

Anbei will ich hoffen, Gattin, du habest für den Abend neben Wein noch Hustensaft im Haus.

Zu Diensten, Mann. Es sind genug der süßen wie der herben Getränke vorhanden.

Heute abend hören wir wieder aus Genoveva.

Adam liest – im Sessel schlummert Eva.

Du bist garstig, Lu. Wer wacht denn nachts, wenn das Kind seine Zähnchen bekommt.

Fichte hat das auch versucht: den paternistischen Gott zu retten, indem er ihn in seiner moralischen Weltordnung versteckte. Sie habens ihm nicht vergolten.

Weil sie zwar glauben, Moral zu haben, wohl auch auf Ordnung halten, aber der Welt im Gemüt entbehren. Deshalb müssen sie für die Fichtische Gottheit blind sein.

Von Fichte schweigt doch, bis wir übern Holzmarkt sind.

Wo stecken wir denn? Etwa noch immer in Schellings apostrophierter Zahnlücke – diesseits des Löbderschen Tripelkinns: Gasse, Tor, Graben. Hurtig, sputet euch.

Um so mehr, als ichs nicht erwarten kann, euch wegen Herrn F. zu widersprechen.

Nun seht Caroline. Sie scheint sich billig über uns zu amüsieren.

Ja, ihr Lieben. Bitte um Milde. Unsere Gruppe scheint mir wie jener bebeinte Wurm, Tausendfuß, dem beim Nachdenken über die Mechanik des Gehens selbige durcheinandergerät, so daß er wegen Lähmung des meinetwegen achten, sechsundsechzigsten und fünfhunderteinundneunzigsten Fußes kaum mehr vom Fleck kommt.

Hört hört. Auch Caroline hat ihr Tagestier gewählt.

Dabei haben wir bloß zwanzig Beine. Zwei davon in Windeln.

Dafür sind wir Menschen.

Krümmen uns aber nicht weniger würmisch, einsam-gemeinsam.

Zehn Gliederpaare, das sind nicht zwei mal zehn, sondern zwei, in die zehnte Potenz erhoben.

Erhoben. Eben das macht die Schwierigkeit: Füße, die in die Luft stehen.

Wurm ab. Wurm rechts ab, stumpfer Winkel. Wurm abermals rechts ab, spitzer Winkel. Wurm löbdert sich, steht, ruckt, zwickt sich, rückt vor. Links ab, stumpfer Winkel. Es ist alles so nah in Jena, je-nah. Was fühlt der Gliederfüßer unter seinen gesammelten Sohlen? Sägespäne.

Da müßte er sehr sensibel sein. Die Sägespäne hat dir heute der Wind schon gründlich vom Platz gefegt.

In der Tat. Kein Mehl, kein frisches Geflock diesen Mittag, der Boden schimmerte dunkel und reinlich, was allerdings davon herrührte, daß Schliff und Splitter, wie sie alltäglich im Getriebe des Holzmarktes hier abfielen, ihn im Laufe der Jahre mittels Abertausender Schuhe von Käufern oder Passanten teils blank-gescheuert, teils als pechiger Belag geschwärzt und versiegelt hatten. So war es längst zur Eigentümlichkeit des Ortes geworden, daß, wer immer den Platz von irgendeiner Seite betrat, von selbst in einen leicht schlurfenden Schritt verfiel, um nicht aus-zugleiten oder um gar, im engeren Umkreis der Sägen und Hack-klötze, genüßlich mit den Stiefelspitzen die noch nicht festgetretenen Holzabfälle stieben zu lassen – ein Spaß, den die Nase eingab in Gestalt frischer Düfte nach Harz und Waldestiefe, daß selbst die stupideste Seele davon betört war.

Heute war kein Tag der Balken- und Bretterhändler. Zumal am späten Mittag schien der Markt fast verwaist. Eine einzelne Säge knirschte, von zwei Männern bewegt. Die Kloben, die in Abständen vom Bock fielen, wurden von einem dritten aufgehoben und in Scheite zerhackt. Eine Frau las die Scheite zusammen und bündelte sie. Rechter Hand eine andere Frau, die kehrte mit einem Besen Reisigreste vom Gehstreifen weg der Mitte des Platzes zu. Manchmal ließ sie den Besen fallen, bückte sich, hob einen dünnen Zweig auf und zerbrach ihn in Stücke. Dann kehrte sie weiter. Der Wind fuhr ihr tüchtig dazwischen. In den kalten Monaten harrten stets einige der Brennholzverkäufer bis zum Abend hier aus, auf Geschäfte hoffend. Welcher Familie ging nicht irgendwann zu unpassender Stunde Kien oder Buche aus, sei es, später Besuch traf ein, daß die Gästestube geheizt werden mußte. Einen Augenblick stand die Gruppe wie verloren ausgangs des Löbdertores, ein Häuflein Flüchtlinge im Mittagslicht einer abgestorbenen Landschaft, sechs Männer, der lahmste ein Kind auf dem Arm, um drei Frauen gedrängt, einen Blick auf die Holzleute werfend, neid- oder mitleidvoll oder nur geistesabwesend, während ihre Schritte sie schon fortzuziehen begannen, gewohntermaßen nach links, im Bogen über das sauberere Ende des Platzes.

À la gauche, messieurdames. Nous sommes arrivées au bord du Löbdergraben. Unser erstes Quartier in Jena läßt grüßen, nicht wahr, Wilhelm.

Ja, Caroline. Dessen Ofen, apropos, nicht übel war.

Er fraß aber viel.

Mag sein. Sieh an, Schelling macht schlapp und überläßt die Führung den Gebrüdern.

Was heißt hier Führung. Wir alle wissen den Weg – zu Fräulein Tiecks Wiege.

Er tut ganz schön erschöpft und läßt auch die Paare passieren.

Sind wir denn kein Paar? Noch können wir seinen Rücken bewundern.

Hallo, Schelling. Will er auf der Strecke bleiben?

Behüte. Nur gemächlich in der Nachhut marschieren. Diese Hardenbergischen Prachtsmenschen brauchen keinen Hund, der ihnen voranspringt.

Aber aber. Jetzt wird er dort vorn die Fichtische Apologie versäumen.

Im Gegenteil – von hinten kräftig anfeuern.

Wer schreibt den ersten Artikel für Fichten.

Im Gehen – wohl keiner.

Die Feinde tuns, wir lassens. Also doch zuviel fortfließendes Leben – statt stehenden Seins.

Niemand kann uns einen Mangel an geschriebenen Werken vorwerfen.

Wir handeln nur von uns selbst.

Von der Welt, hoff ich.

Im geringsten Falle von deren Seele.

Was wieder vom Ich ist.

Ich hab Friedrich empfohlen, eine Broschüre zu verfassen.

Und selber?

Die Finger zittern mir. Haut an Haut – läßt sich Haut nicht beschreiben.

Und sind doch bald viereinhalb Monate um, seit er abgereist ist.

Lag dir nicht ein Widerspruch auf der Zunge, Friedrich? Laß ihn
heraus, wir gehen schon unter Bäumen. Die Stadt liegt jenseits
des Grabens.

Sie ruhe in Frieden. Du erinnerst mich, Dorothea. Doch wollte ich
nicht gegen Fichte streiten, sondern gegen Novalis.

Womit hab ich dich wieder einmal gereizt, bester Freund?

Du verklärst Fichte. Freilich möchten wir ihn alle verklären. Doch
wenn du den Gegnern ankreidest, sie entbehren der Welt im
Gemüt, so müssen wir ehrlicherweise feststellen: Auch Fichtes
Gemüt entbehrt der Welt ganz und gar, weshalb, wie mir scheint,
er für die eigene Gottheit oft selber blind ist.

Wir alle sind an unseren Landstrich gefesselt und hatten uns darauf
verständigt, das Universum für die Welt zu nehmen, das wir den-
kend durchmessen oder auch träumend.

Fichte hat diese Reise nie angetreten. Er setzt einen Punkt, läßt
reines Sein daraus quellen, erklärt es für lebendig, verweigert

ihm aber die Mannigfaltigkeit – aus Angst, der Punkt möchte nicht Fülle zeugen, sondern Chaos: Zer-setzung.

Du meinst, vor dem Chaos sei neuere Philosophie noch machtlos. Vornehmlich Fichte fehle ein Schuß poetischer Wagemut, denn unsereins nimmt Chaos doch unbekümmert als Fülle – woraus die Form sich ihre Gestalten greift und zeichnet. Wir sind so vertraut mit der Nacht, das Chaos erscheint uns heimatlich.

Heimatlich oder nicht, ein Urgrund –

Ach, Friedrich, fang er jetzt nicht mit den Stammbäumen griechischer Götter an. Bleib er beim Baum Fichte.

Dem hat er doch eben kräftig in die Krone gegriffen.

Unser Dichterflügel macht aus dem Atheismusstreit rasch einen Apoetismusstreit. Der ficht ein kapitales Oberkonsistorium aber noch nicht an.

Solange wir fleißig allegorisieren. Die Herren sind auf ihre vier Buchstaben GOTT fixiert. So schützt Ignoranz sie vor Ent-setzen. Solange wir aber in der Fichtischen Gottheit die eigene irgend wiedererkennen, müssen wir eingestehn, der König hat sich für seine Narren geopfert.

Hoppla, ihr Herren da vorn, wollt ihr etwas nüchterner vorgehen. Zunächst ist Chaos kein Zersetztes, sondern das Ungesetzte, allerdings kontinuierlich Quirlend-Dynamische … Zugegeben, Friedrich hat überspitzt und sich hernach berichtigt. Zweitens, Novalis, wer oder was ist die Fichtische GOTTHEIT? Gemäß Friedrichs zu Recht bemerkter Askese in Fichtes Weltanschauung mag sie kaum ins pralle antike Pantheon taugen. Wieso zu den vier Buchstaben noch vier dazu? Ein Nebel aus acht, ein deutsch schlecht Wetter vor klassischer Aureole.

Ein Ausbund an Nüchternheit ist der Schelling nun auch nicht.

Endlich.

Was – endlich?

Das Kind hat aufgestoßen.

Ein Prösterchen den Großen!

Zu früh, Eure Winzigkeit. Gestatten, Winzigkeit, wir hebens uns für den Abend auf. Wenn uns da etwa hochkommt – hats vorher tief gesessen.

Die Augen links! Dort blinken sie hinter kahlem Geäst, gewisse verwaiste Fensterscheiben.

Verwaist nun doch nicht, solange Frau Fichtin sie von drinnen mit ihren Tränen putzt.

Die Arme, soll er sie bald holen. Berlin hat Jena den Friedrich Schlegel hergegeben, dazu mich und Philipp. Ich habs im Gefühl, daß es den Fichte dafür behalten wird.

Du vergißt Tieckens.

Das ist ein andres Geschäft. Für Tieck muß Jena extra bezahlen. Das Los ist noch nicht geworfen –

– aber die Plattheit allhier im Anzuge, die halten wir nicht auf, symphilosophierend nicht und symfurzend nicht.

Fred, du vergißt dich.

Keineswegs. Ich bin mir nachgerade wieder eingefallen.

Wie so klein. Du tust, als seist du von der Mutter ungestillt an jemandes Schwelle ausgesetzt worden.

Nun, die Milch hat er mir nicht entdeckt, aber die Religion.

Die ihm selber doch abgeht?

Punkt, Finis! Des Gestern allzu lang gedenken, heißt das Morgen verschenken. Finde noch einen Satz, Fred, der uns des Meisters Für und Wider wie in einer Kapsel beschließt.

Die Kapsel ist unser Herz. Es schließt die Gewissenschaft vom selig Leben und vom unselig Handeln ein. Nein, ich bin kein Dichter. Novalis las uns gestern ein Lied:
Unser ist sie nun geworden
Gottheit die uns tief erschreckt –

Wie geht es weiter?

Heute anders. Wer uns geistig gehört, soll auch verreisen dürfen.
Darum so:
Glaubt nicht im Berliner Norden
Hielte sie sich scheu versteckt!

Fehlt ein Doppelvers an der Strophe. Ausblick und Horizont. Original – oder Parodie?

Insofern die irdische Welt Parodie der geistigen ist, wäre die Parodie vorzuziehn.

Zwing dich, Novo.

Hilf du mir, Ludwig.

Setzt auf Mächte die in Preußens Garten
Deutsche Ordnung pflanzten und bewahrten

Tschingderassa. Deutsche Freiheit wohl nicht. Wie auch.

Unsere Republik kömmt mit der Goldenen Zeit ...

Still. War nicht von einer Kapsel die Rede. Kapseln wir Fichte ein, und vergraben sie hier. So wie er sich selbst, mit einigem Glück, in einer auf Sumpf und Sand gebauten Metropolis.

TENDENZEN DES ZEITALTERS wirken auch unter der Erde fort.

Eben drum.

Wollte Fichte nicht aber ...

Ich weiß nicht, von wem du sprichst, meine Liebe.

Tendenzen der Jahreszeit wirken durch dünne Sohlen bis in unsere Zehen fort, lästerte Caroline, indes die Gruppe wieder in Bewegung geriet, ein ungefüges Tier, das nach erzwungener Rast in holprigem Gelände taumelnd die Glieder rührt, von Gedanken geritten, von einzelnen Sprüchen gepeitscht, höre eben Novalis: Das Gestern nicht erkennen, heißt zurückstolpern. Vielmehr, Caroline trappelte auf der Stelle, damit warmes Blut in ihre Füße fließen sollte, weil aber, höflichkeitshalber, August Wilhelm sowohl wie Schelling hinter sie rückten, um sie vor Kälte oder auch nur vor dem Schlußlichtsein zu bewahren, und solange auch Dorothea und Friedrich sich vertraten, war in der Tat kein Vorwärtskommen, sondern wiederum Caroline schien es, gleichsam aus dem Leib gewichen und mählich vom Weg ab links in den Graben hinabtrudelnd, dort oben löse der Zug sich auf und flocke zur selben Zeit nach vorn und nach hinten auseinander, so daß ein jedes, unbekümmert-verloren, fern vom andern am Platz hänge oder voranzucke, eingeschlossen sie selbst. Noch einmal war ihr schwarz vor Augen geworden, doch in der Schwärze geisterten sie alle, wartet – wie lichte Kokons, eins hinter dem andern her, nein, eher als eine Kette bläßlicher Löcher, vom Dunkel ausgespart.

So gab es sich, daß am Kopf des Zuges nun Ludwig mit Kind und Amalie eilig davondrängten, ihrer Wohnung in der Fischergasse zu, die sie schon vor sich sähen, stünde nicht noch ein Eckhaus dazwischen, Novalis sprang, da Ludwig den Arm nicht frei hatte, Amalie zur Seite, um ihr bei der rascheren Gangart Geleit zu bieten, sein Bruder folgte in geringem Abstand und hielt zugleich Verbindung zur restlichen Formation, dadurch, daß er ab und zu seinen Kopf wandte und Dorothea mit einem teilnahmsvollen Zuruf über die Unbill des Wetters aufzuheitern versuchte. Friedrich stieß den Knotenstock in den Boden, drehte ihn einigemal herum, verschraubte seine Fichte-Formel mit der Erde und zermalmte dabei eine Lage modriges Laub, dann stieg er über den Stock und zog ihn lässig nach, am Grund eine flache Spur hinterlassend: Einige Blätter wurden umgewendet und glänzten an der Unterseite dunkler. Nummer acht in der Reihe Wilhelm, wieder vor mir, der Gute, neun ich, zehn Schelling und Schluß. Zahl stimmt! lachte Caroline, die ihre Seele tapfer aus dem Graben heraufgezogen und sich neuerdings einverleibt hatte, wodurch auch die Verhältnisse in ihre gewöhnliche Färbung zurückkehrten – die Gegend nachmittäglich hell, schwarzbunt die Figuren.

Warum predigst du nicht zum Toten Turm, Schelling?

Weil mein Vater Pastor ist, nicht Türmer.

Vor dem Turm wäre einige Warnung nötig. Sieh, wie er unsere Schritte nebst Weg nach links herumsaugt, obgleich die Fischeroder Wiegengasse eben nach rechts abgeht, zum Fluß hinunter.

Der Turm ist einer von vier Pflöcken, die das muffige Zelt Jena am Platze halten, namentlich an stürmischem Novembertag.

Mir scheint er bedrohlich. Ein Hexenzahn.

Nun, solange der Himmel nicht gegenbeißt –

Er wird gleich beißen. Komm, Weib, laß die Geländerstange, nimm
meinen Arm.

D'accord, Wilhelm.

Aber eine stechende Trauer befiel die drei und lähmte sie, lief
auch über die zerissenen Glieder der Kette die Fischergasse hinab zur Familie mit Kind. Trauer ohne Etikett und ohne Etikette.
Im selben Augenblick, da Caroline ihren Handschuh samt Hand
darin nicht von der Metallstange lösen konnte, die spazierende
Bürger daran hindern sollte, in den sechs Meter tiefen Stadtgraben zu stürzen, stockte Amalien, als erste bei ihrer Haustür
angelangt, der Schlüssel im Schloß, das heißt, sie vergaß, ihn
weiterzudrehen, und ihr Blick glitt das niedrige, knapp über der
Stirn beginnende Dach hinauf, eine öde Augenreise bis zum
First, um dahinter jäh an die Weiche des Hausberges zu ent-
schweben, jene freundliche Kuppe, mit ihren winterlich kahlen
Kniffen und Falten aufgespannt wie ein Wiegenhimmel. Doch
was hilfts, der Blick muß zurück, und läge nicht die Saale dazwischen, und der Schlüssel im Schloß herum.

Gibt es ein Beben der Luft – zwar liegt eine Gegend ruhig da,
aber ein Schock der leichteren Elemente benimmt allen am Ort
befindlichen Personen mit einem Male den Atem.

Das Dach der Tieckens wäre von der Zinne des Wehrtums mit
einem einzigen kräftigen Steinwurf zu treffen, auszumachen wäre
es kaum. Die Fischergasse legte um die gerade Entfernung einen
sanften Bogen mit Gärten und Hütten, in der Mitte des Bogens
waren Dorothea und Friedrich zu stehen gekommen, unsicher,

sollten sie vorn der Heimführung des Wickelbalgs beiwohnen, Kußhändchen werfend, verspielte Adieus intonierend – wir sehen uns beim Weine / im Abendvereine – oder sich so lang versäumen, bis das hintere Dreiergespann aufschlösse. Beiden blieb Zeit für eine stumme Umarmung. Dorothea wandte sich wieder in Fluß-richtung, und sie schlenderten weiter, mit grimmigem Gesicht und biderber Beinarbeit, wie Mimen auf winziger Bühne weis-machen wollen, sie kämen voran.

Denn wenige Punkte südwärts im Bogen war Leutenant Karl ein nutzloses Denkmal, indem er hie das Paar sich selbst über-lassen, dort seinen Bruder nicht inkommodieren wollte, wel-chem es just gefiel, das erste Mal diesen Tag, Busenfreund Tieck seine Herzlichkeit zu erweisen – ja, sah er richtig, nahm Fritz dem Ludwig sogar das Kind ab, so überaus vorsichtig, daß er seinerseits nun kein Bein mehr vors andere brachte, und so stan-den sie beide, jeder auf seine Weise ungewisser Sehnsucht weh-rend oder Herr zu sein.

Doch ohne Pardon schob die Harmonika sich zusammen. Lud-wig eilte Amalie zu Hilfe, um mit starkem Griff den Schlüssel umzulegen. Novalis fand einen sanften Trott. Karl folgte. Schel-ling hatte sich vom Turm abgestoßen und traf schnaufend neben dem Soldaten ein, vor Friedrich und Dorothea, die das von einem Bein aufs andere Schaukeln nicht lassen konnten, nachge-rade als wären sie aufgezogen. Caroline und Wilhelm kamen an-gerannt, Hand in Hand wie zwei Rangen, vergessen die Unpäß-lichkeit, als die Tür eben aufsprang, mit quietschendem Akkord.

Tusch für ein gedachtes Faktotum der Wandertruppe, das zur guten Letzt ein Pappschild hochhält, darauf in fetten ausladen-den Buchstaben geschrieben das Wort ABSCHIED. Dramatur-gische Prämisse: kleine Form, da Wiedersehen bereits binnen Stunden. Kanon der Regie: huschiges Winken, lässig scheinbarscheiden, sich abkehren und nochmals herumschnellen, mäßiger Tumult. Abschmatzen des Säuglings. Zum Geräusch verkommene Polyphonie der wohlmeinenden Wünsche, Gerndochs, Heiaheias, Achwiebalds. Güte, nicht wieder gut zu machen. Skelett der Handlung: Tieckens ziehen die Hüttentür hinter sich zu. Restliche sieben ab zur Flußseite. Licht bleibt.

PARADIES

Ab zur Flußseite, das meint, die Fischergasse vollends hinab und eben rechtsum bis zur Bootsstelle, derzeit verwaist, nur an der Böschung klebte, kieloben, ein armseliger, speckig glänzender Angelkahn. Dem Eiligen eine Wegminute, der heillos verspielten Siebenerbande dagegen Gelegenheit zu siebenfältigem Abschweifen, Säumen, Bögen und Haken Schlagen. Da galt nur eine Übereinkunft, und zwar, ohne sich hierüber irgend besprochen zu haben, hieß sie doch gerade: Genug der Worte. Schweigen. Falle keinem ein, den Mund aufzutun. Falle keinem etwas ein, um Himmels willen. Jetzt ein einziges Wort, ein Stromstoß, und der Muskel des Ufers, mit den zappelnden Menschen darauf, zöge sich zusammen bis zur Schmerzgrenze.

Friedrichs Knotenstock mußte wieder einmal her, und Friedrich neckte Dorothea damit, daß er ihn waagerecht vor ihre Schienbeine hielt, so daß sie rockraffend drüber steigen mußte, dies zu wiederholten Malen, als wenn er vor seiner Braut bekräftigen wollte: Da ist kein Erreichen des Lebenswassers, außer du quälst dich durch eine Zone struppigen Dornichts oder anderer in abgefeimter Weise angebrachter Hindernisse – die letzte Prüfung. Immerhin packte er sie hierbei mit der freien Hand söhnlich-väterlich am Ellenbogen, wogegen sie sogar die Lust empfand, ihn mit der Linken (die Rechte rettete die Säume) im Genick zu reiben. Da ist kein Erreichen lebendiger Nackenhaut, in kälteren Zonen, außer durch Halstuch und Kragenstoff.

Wo waren die Brüder Hardenberg, sie waren entschwunden. Eine Jenenser Fischergasse, die ab dem Tieckschen Quartier halbwegs gerade und nach ein paar Schritten in eine unbewachsene Uferpartie auslief, taugte nicht zum Versteck. Halt, war das Tiecksche nicht ein Eckhaus. Will sagen, das Paar wäre von der Fischergasse dreist und unbemerkt abgebogen, um linkerhand

die verlängerte Grietgasse hinunterzutollen, wo es, immer ver-
muteterweise, bei jenen Kiesbänken herauskäme, wie mäan-
dernde Ströme sie in vielen Innenbögen zeitigen. Hier stand,
trotz des nahen Wehrs, das Wasser so seicht, daß die Saale einen
Teil desselben reinweg vergaß, welcher als eigener Arm, Mühllache genannt, weiterfloß und der Mutter bekanntermaßen wenig stromab wieder ins Bett kroch. Doch schien ihr der Verlust
auch leid zu tun, und so entließ sie die Wellen heute nur schluck-
weis über die vom älteren Uferrand zäh behauptete Schwelle.
Die Furt längs des Eisrechens zu durchwaten, wäre dennoch
Alfanzerei gewesen und hätte am Lager der Flößer vorbei im
Kreise auf der Insel herumgeführt. Also rechts herum, mit Ver-
spätung. Hier vergnügten sich sommers die Jungen mit Plan-
schen und Spritzen. Kein Neid im November!

Am leichtesten schweigen Geschwister miteinander. Die Kind-
heit muß nicht erzählt werden. Karl und Fritz rannten und
dampften unterm Wind, ihr Atem ging nicht gleichzeitig aus und
ein, aber synkopisch, ein Austausch der Minimalitäten, Kanon
der Herztöne. Sie fühlten sich männlich dabei und vernünftig.
Den Schlacken der Geselligkeit ein Schnippchen geschlagen. Den
Zufall der Blutsverwandtschaft ins Feld geführt gegen disparates
Tempo des Lebens und des Erkennens. Gemeinschaft – notori-
sche Frühgeburt – sie aß und trank, doch ihre Nerven waren
nicht entwickelt. Es brauchte Liebe und List, sie zu kirren und
den Nachbarn vorzuzeigen: Seht, sie gedeiht. Ein Schellenhemd
täuschte über das schiefe Gesichtchen. Gott will es euch leicht
machen! Drum baute er zwei Brüderpare in den Versuch.

Nebenbei, wo steckte das Schlegelsche. War jeder der beiden mit
seinem Weibe beschäftigt. Zuwachs – oder Abzug. Zwei plus
zwei gleich vier. Zwei minus zwei gleich null. Nein, Frauen sind
wie Männer gesetzt. Et vice versa. Zwei hoch zwei mal zwei,
gäbe acht, Kinder hierbei nicht bedacht. Bleibt, zwei durch zwei,
gibt eins. Bleiben zwei von zwei sich nicht eins, bleiben zwei.

Eins und zwei macht drei, und keiner zu sehen. Schelling, siebtes Rad am Wagen, ging suchen.

Schelling, selber schuld. Wäre Carolines Muff nicht gewesen. Während Tiecks die Tür zuzogen, hatte Caroline ihre klammen Finger in den Muff gesteckt. Wilhelm kam es an, aus Übermut oder Kälte, seine Linke ebenfalls in die schmale Röhre aus Fell und Futterseide einfahren zu lassen und drinnen Carolines Rechte zu packen, dabei zog er kräftig nach außen, so daß Caroline wiederum ihren linken Zeigefinger fest um den rechten hakelte, um gegenzuhalten, doch bei dem Kampf im Muffe riß nicht nur die Seide ein, sondern die Kordel schnitt in Carolines Genick, da ihr der Muff nunmehr wie eine Jahrmarktschaukel im Schwunge schräg nach vorn vom Körper abstand: So hatten beide Schelling überholt.

Schneller als ein Schelling denken konnte, mußte er spüren, wie eine Mischung aus Ingrimm und Ritterlichkeit ihn hinriß, seinerseits einen Satz zu tun und seine rechte Faust in die linke Öffnung des bereits überfüllten Muffs hineinzustoßen, ohne diesen jedoch näher ziehen und dadurch den Druck der Kordel auf Carolines Nacken irgend lindern zu können, stattdessen glitten unter dem Gewicht des ungleichen Prankenpaares ihre Zeigefinger auseinander und ihre Hände aus dem Ding, das sie hingab, seis drum, indem sie sich jäh bückte, Kopf bis ans Knie, und – Hut festgehalten – den Oberkörper mit einer seitlichen Drehung wieder heraufbrachte. Da baumelte sie, die Kordel, von der pelzigen Muffe zweier pathetisch gegeneinander gestreckter Männerarme herab.

Caroline lachte aus vollem Halse. Wilhelm faßte sich zuerst, zog die Hand aus dem Muff und wandte sich ab. Der törichte Ritter aber stand da, die zu Unrecht erbeutete Trophäe über die emporgereckte Rechte gestülpt, und das Gelächter der so rüpelhaft beschützten Dame mochte ihm wie Gnade gelten. Er drehte sich um, sah Caroline ins Gesicht, verneigte sich tief und überreichte das Fellding mit beiden Händen, den Kopf noch immer zwischen den Armen nach unten gesenkt. Beim Aufrichten schien seine Miene für einen Augenblick von ihrer Heiterkeit angesteckt, verfinsterte sich aber rasch wieder. Nun war die Reihe des Abwendens an ihm, während Wilhelm sich gleichsam mitgesogen, um die gleiche Schulter und mit derselben Geschwindigkeit, zurückdrehte und seiner Angetrauten en face gegenüberstand. Caroline nestelte am Muff, stopfte einen Streifen ausgerissene Seide wieder hinein, kicherte, seufzte und schob sich geneigten Kopfes die Kordel umständlich rings um den Hals unter den Kragen. Zum Schluß stampfte sie mit dem Fuß, für Wilhelm ein Zeichen, ihre rechte Hand, bevor sie im Muff zu verschwinden drohte, zu greifen und (samt Weib daran) quer über die Gasse in die verkehrte Richtung zu zerren, das heißt aber, die Grietgasse hinauf und zunächst weg vom Flusse.

Verfrühte Revolten haben stets die Befestigung gegebener Machtverhältnisse zur Folge. Caroline ließ es hingehen und Spaß vor Widerstand walten. Grietgasse (Krötgasse zu deutsch), Igittgasse, würde nicht einen Katzensprung weiter ein Paradiesgäßchen kreuzen – und halten, was der Name versprach. Sie liefen. Der streunende Wind schien Leute in Bewegung zu wünschen. Stünden sie still und palaverten, griffe er an. Wie ein vor Ungestüm in die Lüfte entwichener Schwarm Fische spielte und schnoberte er, riß mit oder scheuchte, Röhrichtmenschen waren da fehl am Platze. Mit der Zeit sank auch die Körperwärme bis auf Fische-Temperatur. Alsdann hörte eins auf zu frieren. Das Blut schlich langsamer durch Adern, Besätze und Schalmaschen, die Haut bekam Schuppen. Hoppla, links um die Ecke.

Wiederum aus der Luft besehen und skizziert, ähneln die Wege der Freunde einer dreizinkigen Gabel, die jedoch zum Aufspießen irgendwelcher Bissen nicht taugt, weil ihre Zinken sich am Ende unweigerlich zu einem Punkt, nämlich der Pforte des

Paradieses, zusammenbiegen. Schelling schritt auf der mittleren Zinke, eingezogenen Kopfes, er hatte Zeit verloren, was nicht von Belang war, ihm viel lieber gestattete, allein zu sein, denn das deutsch-jüdische Paar war trotz sanften Stocktraktats schon bis zur Uferkante vorangekommen. Die beiden Gestalten hoben sich wie ein Scherenschnitt vom blinkenden Wasser ab. Das Bild war schön, und schöner noch, solange man ihm nicht zu nahe rückte und es auflöste. Denn (Schelling bemerkte seinen eigenen mathematischen Sinn, der ihm abseits aller Erregung fortwährend Eindrücke meldete) seltsamerweise erschien eine waagerechte Fläche, wie die des Wassers oder Ufersandes, umgeklappt in die Senkrechte, wenn das betrachtende Auge nur genügend entfernt war. Standen Körper davor, wirkte sie wie eine Wand – hier ein silbrig transparenter Hintergrund – und war doch liegende Landschaft. Nähert sich das Auge den Körpern, bleibt als Hintergrund nichts als das naturgemäß Senkrechte übrig: Bäume, Sträucher, Herbstdurcheinander.

Wäre ich Maler, es wäre mir längst geläufig, was mich als Gelehrten in Staunen versetzt. Schelling mußte, um die Anschauung anzuhalten, nur säumen oder besser einen Bogen schlagen, bei gleichem Abstand zum Gegenstand des schönen Scheins, da sieh einer zu, wo er zwischen Saale und den letzten Fischerhütten noch hinwill. Als er nun, eng um das Mauerwerk der untersten Hütte, nach links auswich und fürchtete, der blinkende Prospekt möchte aus Gründen der Krümmung des Flusses ohnehin in Sandgrau übergehen, änderte vorn das Paar seine Lage – Friedrich stocherte im Boden, Dorothea schlenderte einige Schritte zur Seite – und von hinten prallten die schnaufenden Brüder Hardenberg an. Schelling erhielt einen Klaps auf den Rücken. Novalis, das Rabenaas.

Ah, die Freiherren! posaunte Schelling und brach den Bann.

Immerhin habe ich zwei Betrachtergesellen gewonnen, dachte er, leider zu spät. Das Paar am Fluß, zwar wieder Hand in Hand,

agierte vor einem Vorhang, halb matt halb glänzend, die Ufer-
linie durchschnitt ihn diagonal, so daß links Friedrich ab den
Knien, rechts Dorothea nur noch mit dem Kopf ins Helle ragte.
Und jetzt versagte die Physik wie die Kunst, und Magie griff ein.
Denn es durfte nicht sein, daß ein Zugang von zwei Personen auf
der Zuschauerseite, auf erklärliche Weise, auch die Verdoppelung
des Paares durch zwei Figuren auslöste, welche sich eben schräg
rechts über jenem zu schaffen machten und ins Bild tummelten.
Noch etwas verband die Eindringlinge hüben und drüben: Alle
vier schwitzten. Caroline und Wilhelm waren noch geschwinder
gelaufen als Karl und Novalis. Eheschaft und Geschwisterschaft
beherrschten durchaus die eiligen Züge in ihren Spielen, während die noch wachsende Liebe, nicht minder als der Einsiedler
wider Willen, ruhige Gesten brauchte, um sich in die vergebene
Partie hineinzufinden.

Am Schlusse wurden doch wieder die sieben alten Planeten zur
Kommune zusammengezählt, wie sie zum Schein die Erde um-
runden, samt Sonne und Mond und sonder Uranus – den ein
gewisser Herschel vor achtzehn Jahren entdeckt haben wollte –
wen sollte der darstellen? Deus ex machina: den Gott, der plötzlich aus der Kulisse tritt? Oder schlicht das binnen sieben Wochen (nach Rechnung der Nullisten) zu erwartende neue Jahrhundert? Wir werden sehen. Zunächst feierte hier der engere
Kreis seine réunion auf das kurzweiligste, mit Lachsalven und
Silbengeschmetter à la oh, ha, na, nein, traun, potz, nu, nee,
Geburt der Sprache aus der gezierten Entrüstung.

Alle nebeneinander, schoben sie den ersten Bäumen des Paradieses zu. Es gab kein Tor, keinen Petrus. Links floß die Saale entgegen, mit zuckenden Wellenknäueln, Nachrichten hastiger Verwandlung. Rechts wölbte sich die Stadt und quoll schon
herunter, legte einzelne Häuserzeilen wie Lunten an den Park.
Vorne der Chor von steilen oder lässig schiefen Stämmen, sag
einer die Namen im Winter, Ahorn, Esche, Hainbuche, Schwarz-
erlen dazwischen, kenntlich an ihren nicht abgeworfenen Samen-

gehäusen, die wie geklöppelte Knötchen in den hohen Gespinsten kahler Zweigfäden saßen, zerrissene Trauerschleier gegen die Blicke des Himmels.

Spaß beiseite. Ich fragte mich über Nacht, Novalis, bester Freund, ob wir nun schon drei Bräute von Ihnen nicht von Angesicht kennen.

Wie zählen Sie – und erschrecken mich – Caroline.

Die erste wohnt dort oben, wo kein Auge hinreicht. Die dritte wird uns, so Gott will, in naher Zukunft unter die Augen kommen.

Erbarmen, Freundin. Was meinen Sie.

Du gehst zu weit, Gattin. Du hast den Anstand verletzt und den Mann dazu. Er zittert ja.

Ich zittere, weil mir das Herz fliegt. Das ist Natur. Der Kopf geht drüber weg.

Carolines Köpfchen kann kein Unheil hecken.

Im Gegenteil, mich treibt ein süßes und nobles Bild, zur gleichen Zeit ein Schlüssel für mancherlei Mißverständnisse, vornehmlich der gestrigen Abendstunden.

Und dieses Bild setzt sie als des Friedrich von Hardenbergs Braut, Nummer zwei!

Akkurat. Und dünk mich nicht frivol dabei, obwohl ich sie bisher nie sah, nur in Biskuit gebacken.

Darum süß! Und wohl vom teuersten Bäcker: darum nobel!

Ach, Mull. Käme er doch zur Ruhe, unter Bäumen.

Die Auflösung, bitte.

Die Dame wohnt in Berlin. Novalis selbst las uns im Lenz letzten Jahrs aus seiner Huldigung vor, nicht wahr, Wilhelm. Wem Brautschaft nicht allein als Pakt auf den Alltag gilt, sondern als Seelenzueignung, der hat jetzt den Namen und kann ihn in des Rätsels Felder füllen.

Luise.

Erraten, Dorothea.

Einspruch. Novalis' Huldigung galt dem König sowohl wie der Königin, und keineswegs wollte er letztere von jenem weg auf sich selbst beziehen.

Falsch, Wilhelm. Ohne Königin hätte der König niemals Lob und Preis unseres republikanischen Freundes errungen.

Was übrigens der König durchschaut hat. Ein royalistischer Poet namens Novalis ist ihm derart suspekt, daß dieser das Pseudonym ändern muß, will er im Staate Preußen noch einmal abgedruckt werden.

Richtig, Friedrich. Als Antiqualis wäre ich bei Hofe ewig genehmer.

Mein Bruderherz hat die Fassung wiedergefunden.

Ja, Charles. Carolines Diagnose erheitert mich bereits, ohne daß ich sie indessen schon begriffen hätte. Will sie mir schonend noch etwas Aufklärung zuteil werden lassen.

Nehmen wir die Sache doch einfacher. Ich meinte nur, Luises Relief erinnert mich so sehr an Novalis' Beschreibung seiner Julie. Heute nacht im Halbschlaf schmolzen mir die beiden in eins zusammen. In der Klarheit des Morgens dann ergab sich eine wunderbare Reihe: Die tote, darum unerreichbare Braut. Die hohe, darum unerreichbare Frau. Die der hohen ähnliche, darum der toten würdige, erreichbare Geliebte. Ihr Philosophen, wenn ihr einen Dreischritt braucht, um Hoffnung zu beweisen, schreibt diesen ab!

Danke, Caroline.

Überhaupt der Satz: *Alle Menschen sollen thronfähig werden.* Der blanke Republikanism.

Der von anderen Sätzen wiederum kräftig verschleiert wird.

Weshalb ich ehrlich froh bin, daß –

Ein Spree-Athenäum sich fand, die Sammlung in Satz zu geben –

Und damit von unserem den Druck nahm –

In diesen bescholtenen Zeiten.

Mögen uns GLAUBEN UND LIEBE trotzdem erhalten bleiben, samt ihrem Verfasser.

Das walte Gott. Ich hab es längst bemerkt, daß ich nicht nach Berlin gehöre, wo Vögeln die Schnäbel und Krallen wachsen, die Flügel aber verkümmern –

Sprach ein Vogel mit besonders langem Schnabel.

Stille! Laßt die dünnblütige Spree, und seht die Saale, fündig und turbulent wie das Schicksal –

Hier gabelte sich der Weg in einen schmalen Pfad, der weiterhin am Ufersaum entlangführte, von Trieben und Ruten des Unterholzes wie mit Hunderten dürren Schranken teilweise versperrt, und eine breitere Allee, rechts in den Park hinein. Die Entscheidung lautete also: haften am Flusse, dabei Hut und Kleider riskieren, oder Abschied vom Blinken, vom feindseligen, doch in seiner Dauer tröstlichen Zischeln des Wassers, und Eintritt ins Dunkel. Freilich war das Gelände insgesamt so eng bemessen, daß die Fließgeräusche nirgendwo ganz verloren gingen, und die Regelmäßigkeit der Bäume zuseiten des nun eingeschlagenen Weges zeigte die geschützte Künstlichkeit der Anlage an. Dikkicht wäre wahrlich etwas anderes gewesen, gleichwohl schossen die Bäume, nach Wurzelorten reglementiert, oben hinaus wieder in maßlose Wirrnis, jene luftige Etage, die allenfalls Spechten und den von ihnen aus der Rinde geklopften Insektenlarven gehört, der Mensch reckt sich nur in unverbesserlicher Sehnsucht den Hals nach ihr aus.

Was heißt hier: Republikanism. Wir sollten das Wort ausmerzen. Es schmeckt aufsässig, ist aber, im Deutschen, ein Tintenklecks an Bedeutungen.

Nun, es besagt –

Vorsicht, Kleiber hört mit –

Mehr als seine Übersetzung. Öffentlichkeitstum, schnick und schnack, schön und gut, wenn die Geheimtuerei aufhörte. So wünscht sichs immer der, dessen Ohr nur bis zum Mund, und nicht bis zum Puls, der Mächtigen reicht.

Aufhören der Mächtigtuerei. Das besagt es.

Behüte, ich wollte sagen, Gerechtigkeit, Gleichheit der Lebensgewichte aller Einzelnen und aller Gruppen schließt es zwar ein–

Freiheit nicht?

Freiheit noch nicht.

Wer von uns wäre gegen Gerechtigkeit. Sind wir aber für Gleichheit?

Frag anders. Sind wir für Ordnung? Ist Gleichheit gleich Ordnung, sind wir wohl dafür, alle sieben, ungleich wie wir sind. Ist Gleichheit aber praeordinal, oder postnumeral, wer wollte sich da hineinstürzen? Streben wir nicht nach Gewißheit der Ordnung hinter jedem disparaten Lebensmoment, ja, geradezu nach einem Reigen der Ordnungen aller Kammern des Lebens? Frage, ob wir dann auf Hierarchie verzichten können. Sprich, auf Mächtigtuerei.

Sprich allemal lauter. Wir flüstern, das Wasser tuschelt, der Wind knistert in den Blättern, und wer uns noch in den possierlichen Baumläufer einen Spion hineingeheimnissen will, bleibt selber – ein Spaßvogel.

Ganz recht. Wenn wir den Hut abnehmen müssen, dann solls nicht aus Taubheit sein, sondern vor der Hoheit.

Aha.

Der Weg teilt sich schon wieder. Wo gehen wir?

Diesmal links.

Nu.

Andersherum. Sofern Gleichheit und Ordnung sich ausschließen, stimmen wir gegen Gleichheit. Das Merkmal der Ordnung heißt nun einmal Hierarchie, siehe das spektakulärste uns kenntliche

Muster von Ordnung, unser Sonnensystem, das ohne die Privi-
legien der Sonne zerbröseln müßte. Siehe die unendlichen Beispiele der Natur. Herrschen und Nachfolgen, Über- und Unter-
legensein, wer sich dem verweigert, plädiert für Selbstverlust.
Doch ach, wir schwachen Schüler der Ordnung! Fallen uns nicht
gleich auch ebenso zahllose, heillose Beispiele der Gesellschaft
ein, vorgeblich guter Gesellschaft, wo Unterlegenheit herrscht,
somit Überlegenheit ihr zu folgen verdammt ist.

Entscheidend für die Forderung nach Gleichheit bleibt: Erschöpft
sie sich im Protest? Oder gelingt es, irgendwo im Weltgefüge
hierarchiefreie Systeme nachzuweisen? Oder neu zu schaffen?

Unseren Freundschaftsbund –

In welchem ein Weib es doch allenfalls und von Herzen gern bis
zum Mond bringt.

Wir lassen euch schon leuchten, Dorothea.

Du sagst es, Geliebter. Ihr seid es, die uns leuchten lassen.

Nichts ist so sicher. Die Beispiele der Natur können trügen, wir
selbst rütteln sie soeben mit unserer Philosophenwut durcheinander. Vielleicht macht die Angst vor dem Chaos, das wir auftun,
uns vorübergehend zu treuen Staatsdienern.

Respektive Herzöglingen.

Hihi.

Es spielen noch profanere Ängste eine Rolle. Wenn kein Vogel, so
ein Voigt, der Fichten aufklopft –

Toktok.

Unsere Kreiselgespräche. Es fehlt langer Atem. Ehe der Kreisel austrudelt, räsonnieren wir schon, daß er rund ist.

Kreiseln wir noch um Hierarchie. Wie, wenn sie nur eine Lesart wäre. Ein durchaus hierarchiefreies System ist mir eingefallen.

Welches? Sag schnell.

Die sieben Farben des Regenbogens. Die Farben überhaupt.

Alle Wetter.

Schelling rot.

Friedrich gelb.

Caroline blau.

Wilhelm grün.

Charles orange.

Novalis violett.

Dorothea indigo.

Zum Exempel. Oder – verwechsel das Bäumelein.

Ziemlich idealisch, würde ich sagen. Zudem auf einer Paradoxie fußend, nämlich, daß es bei Sonnenschein regnet.

Was will er. Den Regen kann er durch ein gewöhnliches Prisma ersetzen. Ob naß oder trocken, das Wunder wird mit Augen geschaut.

Ein Grenzfall der Natur.

Freundschaft ist auch ein Grenzfall.

Freundschaft können wir üben. Ein Wunder – geschieht.

Und Liebe?

Kommt mit sechs Farben aus, ha, praeterpropter. Die Paare sind
gelb und blau, cyan und rot, purpur und grün –

Wie meinen, Mystissimo?

Ganz einfach. Die Seelen der Liebenden sollten sich komplementär
ergänzen. Schau deine Liebe an und dann auf eine weiße Wand.
Erscheint deine eigene Farbe, so hat die Liebe Hand und Fuß.

Fehlt am Ende noch Herz.

Jetzt sag ich euch, was Paradoxie ist. Daß wir itzt und hier in
Farbenspiele verfallen. Im grauen November, bei milchigem
Himmel, zwischen schwarzen Stämmen unter stumpfem oder
fehlendem Laub im Paradiese.

Eben drum. Um so mustergültiger möchte unser Voraustrupp, erstens in Maßen bunt gekleidet, zweitens dank Verlangen und
Vorstellung, den Tugenden eines wenn nicht a priori Ewigen, so
doch versuchbaren Friedens genügen: Farbigkeit, Gleichmut,
Geschwisterlichkeit. Revolution und Regenbogen!

Amboß und Ambrosia!

Wer Frieden und Revolution in einem Zuge nennt, muß in der Tat
auf Regenbögen wandeln.

Laß gut sein. Vor fünf Tagen hat sich justament die Weltlage gewandelt –

Halt! Ihr macht Riesenschritte und lauft an dem kleinen Fußpfad vorbei, der übern Rasen zur anderen Allee mit dem Rondell führt. Dieses würde uns erleichtern, über Hierarchie im allgemeinen zur Synthese zu kommen. Wann finden wir schon die Formen der inneren Anschauung auf den Boden gezeichnet.

Hört hört! Novalis erwacht zu voller Größe.

Vorsicht, Freunde, ich muß euch enttäuschen. Oder auch nicht. Aber nicht hier, sondern dort.

Ei-nerlei, rechtsum, meine Lieben, alle sieben, mich eingeschlossen, unverdrossen folgt Novalisen über die Wiesen.

Dem Dunkelschwätzer.

Scht, Mull.

Als wäre es an dieser Stelle schon manchen angekommen, vielleicht auch der Schlegelschen Schar bei früheren Partien, aus der relativen Flußnähe und zwischen den Stämmen immer noch hereinscheinendem offenem Himmelslicht in ein verwunscheneres Revier zu wechseln, wo es windstiller war und der Blick durch Baumreihen und dahinter liegende Gärten wie in ein gewisses Waldesinnere tauchte, zweigte in rechtem Winkel ein Pfad ab, gegen den Plan des Parks, doch vom Bürger ins Gras getreten, kahl geschurrt, und nachträglich von Büschen gesäumt. Ihn zu passieren, mußte die Gruppe sich wieder zum Gänsemarsch ordnen, es sei denn, Paare hielten sich dicht, wie eins, beieinander. Novalis, seltener Gast und darum unversiegten Entdeckersinnes, eilte voran, Charles ihm auf den Fersen. Caroline trippelnde Dritte, Wilhelm im Rücken. Friedrich und Dorothea,

nimmermüde im Erfinden von Exempeln der Gleichung zweimal eins gleich eins, als vierfüßige Hütte, den Stock als Dach-
first, daran vier Hände, vier Unterarme das schräge Dach, Giebel
vorn, drinnen zwischen Rockwänden kein Fingerhut Platz, aber
gut warm.

So war der Stock zum Gänsehüten nicht eben verfügbar, doch
Schelling, der als Hirt hinterdrein schritt, hier und da tote Knos-
pen abzwickend, versuchte es mit Goethes Bundeslied:
Mit jedem Schritt wird weiter
die rasche Lebensbahn,
und heiter, immer heiter
steigt unser Blick hinan!
Uns wird es nimmer bange,
wenn alles steigt und fällt,
wir bleiben lange, lange,
auf ewig so gesellt ...

Attention! Verfasser vor Ort, zischte Wilhelm, drauf Schelling:
gerade drum, und siehe, die Gänsefüßchen traten bereits auf
Stein statt auf Sand, die alten Verse, die er mir unwissend zur
Geburt schrieb, das Rondell war erreicht, wollte ich ja nicht ihn,
sondern euch damit reizen, Gekicher, Händeklatschen. Ein Ort,
würdig mit Gesang in ihn einzugehn.

Da habt ihr den ausgetrudelten Kreisel.

Hübsch passend – für Riesen im Spielalter.

Von Gaia fortgeräumt und umgestülpt, derweilen ihr Gigantengör
zu Mittag schlafen muß, wie unser Philipp.

Riesig wohl, aber hohl.

Fürwahr, die Hohlform eines umgekippten Triesels –

Ihr greift in euer Gedächtnis wie in eine Bilderbude. So vergeht die Zeit mit Geschwätz. Assoziationen müssen eine Ordnung haben, eine indirekte Richtung – um prophetisch zu sein. Geselliger Traum, ein Zuwachs an Wahrheiten.

Einverstanden. Gaia beiseite, Gigantenspielzeug beiseite. Deuten wir die bloße Geometrie. Wir stehen auf dem Riß eines Kegels. Seine Masse ist Luft. Sein Mantel ist unregelmäßig durch Äste und Zweige bezeichnet – gestriemt meinetwegen (weshalb uns das Bild des Kreisels, mit Rillen für die Peitschenschnur, recht gut gefiel). Seine Spitze aber reicht über die Wipfel hinaus. Ich setze sie mit meinem freien Geist an ihren exakten Punkt.

Sehr fein, Friedrich. Daß ich allenfalls gegen Budenzauber, nicht aber gegen den Bildzauber etwas einzuwenden habe, weißt du ohnehin. Dein exakter Punkt ist es, auf den ich hinauswill. Erlaubt, daß wir ihn noch einmal vom Postament aus erklimmen, mit allerlei Ausblicken unterwegs –

Wird es eine lange Reise werden?

Novalis ist unser flinkester Ritter.

Es sein denn, der Leutenant –

Bin auch nur Jäger zu Fuß.

Wer müde ist, dem stehen Kutschen zur Verfügung, in Gestalt von Ruhebänken.

Mit kühlen Gesäßen werden wir zu Geistgefäßen.

Silentium! Reit den Pegasus, Novo.

Will sehen, daß er mich nicht abwirft, wenn ich ihn zum Zuckeltrab zwinge. Zunächst stehen wir ja, je zwei Sohlen am Boden –

zugegeben, ein Platz comme il faut für das Abheben eines Göt-
terpferds, doch vergessen wir dies – vielmehr ist der Mutter-
boden mit Steinen versiegelt, behüte, daß wir Funken draus
schlügen – eine kreisrunde Fläche, nicht eben magisch, denn
Fluchtwege führen hinaus und Zufluchtwege hinein. Die Bu-
chenalleen zu beiden Seiten, sowie unser Wiesenpfad. Dagegen
wird die Kreisform durch einen Zirkel von Ruhebänken zugleich
nachgezogen und zerstückelt. Alles in allem, der respektable Riß
eines Kegels.

Wie, wenn du doch einen Funken riskierst.

Geduld. Indem ihr die Anordnung der Bänke betrachtet, werdet
ihr keine herausgehobenen Logen und Throne entdecken. Ein
rundumlaufender Rang. Nur die drei Wege, die an den Platz ein
Antoniuskreuz zeichnen, verändern die Atmosphäre, gewissermaßen im Rücken, weil aller Augen über kurz oder lang auf die
Mitte gerichtet sind, wo sie nichts gewahren, außer in einigem
Abstand wiederum die Außenhülle des Kegels. Denn die Mitte
ist leer.

In der Tat. Als hätten die Baumeister an dieser Stelle das Aufrichten eines Standbilds vergessen.

Was die Oberen ihnen kaum hätten durchgehen lassen, auch der
Minister Goethe nicht. Pardon, teuerste Caroline. Ein Standbild
ist überflüssig. Wo es ums Aufschauen geht, zwingt leerer Raum
unseren Sinn ungleich mächtiger in die gewünschte Bahn.

Kruzitürken! Da glaubte ich bereits für einen Moment, Novalis
wolle uns die Anlage des Rondells als Muster der Hierarchie-
freiheit erklären.

Seid unverzagt, noch sind wir weder beim Ja noch beim Nein
angekommen. Sondern beim Schein. Beim Lichtschein, wohlgemerkt, der, ohngeachtet des Wetters, in der Mitte am hellsten,

zum Rande hin abnimmt, was Wunder, da die schräg hereinwachsenden Äste dort Schatten stiften, hier oben aber ein Him-
melsrund sich auftut, gleichsam ein lokaler Zenit, in welchen
freilich, in unseren Breiten, die Sonne selbst niemals eintritt.

Indirektes Licht – hab ich ihn nicht letzten Sommer vor der Sixtina
darüber dozieren hören?

Allfälliges Licht – mag sein. Ein Attribut der Madonna, das sie an
jedem oberirdischen Ort mit uns teilt. Doch bitt ich euch weiter
um Bilderaskese, und will sie selber üben. Die Kegelwand also –
verhüllt uns die Wipfel, obwohl wir notdürftig hineinsehn.
Einen Bezirk der Kleinexistenzen: Nester, Baumhöhlen von
Standvögeln, Käfer, Würmer, Blätter und Borken mit ihren
Adernetzen, grau in grau dem Auge.

Gepisper und Geraschel dem Ohr.

Natur, menschlichem Scharf-Sinn verschlossen.

Wir sehen den abgebrochenen Ast. Die Stille des Parks ist eine
Sinnesschwäche. Die Schönheit ist immer ein Schleier. Heute
erinnert der Wind uns an das, was wir wissen. Paradies im
November, kein memento mori, Mensch. Erschrick vor dem
Leben!

Dawider wir uns schützen – mit Kegelmänteln.

Potz Porst. Ihn fröstelt mein Lichtexkurs.

Nein, wenn wir nur endlich hinaufkämen.

Heb er doch den Kopf! Und zieh ihn wieder ein, geblendet! Ja!
Der wolkenbleiche Himmel trifft das Gesicht noch wie ein Hieb,
wo es eben aus dem Baumdämmer auftaucht. Dort, Freund, ist

die Grenze von Leben und Tod, eine scharfe Grenze. Licht, die Abwesenheit von Gegenständen, an denen Erkenntnis abfedert und sich hält. Weiß in weiß, unbewohnbar für Körpergänger, Paradiesspaziergänger, gebt acht, wer das Genick zu weit zurückbiegt, wird leicht schwindelig.

Da laß erst Sommer werden. Dann legen wir uns auf den Rasen, stockgeraden Genicks, schließen die Augen, und kein geistlich-weißlicher Tod soll uns umwerfen ...

Wer hätte gedacht, daß ausgerechnet Wilhelm den Faden der Disziplin verliert.

Wilhelm ist kein Philosoph, er bildet weichere Massen. Auch Novalis reckt nur den Hals nach dem Absoluten, er stößt sich an einer Grenze, die in Wirklichkeit eine Stufe ist, aus einem dichteren in ein dünneres Element der Materie. Immerhin ist er tapfer genug, sich versuchsweis den Bilderschal abzuwickeln, mit dem ihr Poeten immer so wattiert in der Geistwelt herumpurzelt. Wir Philosophen ziehen blank durch die Ideen ...

Ehe du blankziehst, Schelling, laß Novalis noch zeigen, ob er sein avisiertes Ziel denn erreicht, das wenn nicht im Jenseits, so doch jenseits der Baumgrenze liegt.

Wir sind gleich dort, Friedrich, dank dem Vortrab deines Geistes, der dennoch so frei nicht war. Das Setzen der Kegelspitze, im Medium des Himmels oder wo immer, wird bestimmt durch die Krümmung des Mantels, mithin das Alter der Bäume, die Dichte und den Spreizwinkel der Äste, und so fort, was alles du so präzise wie beiläufig wahrnimmst, wenn du weder hinauf- noch auswärts gegen die Front der Stämme blickst, sondern in die Mitte des Platzes. Wie von ungefähr, von den Rändern, biegen sich die Bäume in dein seitliches Gesichtsfeld. Blinzle nur, kümmer dich nicht. Mühelos fallen dir beide Werte zu, Abstand und Neigung. Das heißt, du hast nun die Höhe ...

Heißa! Pegasus bäumt sich und setzt den Schlußstein des Tempels!

Heißt es nicht auch: Wenn die Bäume noch jünger und schlanker wären, hätte wir heute nicht Kegel spielen können. Eher Zylinder …

Ach ja, Schwester …

Conclusio, Musenroß. Was folgt aus der Spitze für die republikanische Basis. Oder gedenkt er, aus einem Punkt einen Papst zu schlagen.

Wenn sich in Farben bricht
    Das eine Licht
    So sind die Farben doch nicht ohne Licht.
    Die freie Mitte, nicht
    Ein Steingesicht
    Nimmt Geist und Sinne in die Pflicht.
    Ihr müßt die Sonne nicht im Himmel suchen
    Wo sie nur schreckt.
    Für uns bleibt sie bedeckt.
    Wer aufgeweckt
    Sich hohe Ziele steckt
    Dem scheint sie milder hier, im Kreis der Buchen.
    Die Seele wähnt sich los und ist gebunden
    Nicht an die Welt
    Die unsern Blick verstellt,
    Sie hat darüber ihren Punkt gefunden
    Im Leichtefeld
    Woher kein Laub mehr fällt –
    Denn Ordnung waltet. Sie gebietet kaum.
    Was mich beherrscht läßt meinem Willen Raum –

So wissen wirs den wieder ungefähr.

Schicksal allen Wissens.

Und seine Gnade auch: Ausgang offen.

Nehmen wir den zum sicheren Ufer der Leutra.

Gegen den drohenden Handstreich eines Despoten namens Kälte ist allerdings schleunige Bewegung nötig.

Vor allem verwahre ich mich gegen erneute Muffstreiche.

Lassen wir also auch die Frage der Erblichkeit von Rang und Würden beiseite.

Sie ist schon gelöst. Freunde sind eine Geisterfamilie. Jeder einzelne vererbt sein Wesen jederzeit durch Sprache und Sitte jedem anderen und allen …

So läßt sichs reden – im Paradiese.

Dieses Paradies ist ein Exerzitium. Wir proben, was uns selbst noch nicht gelingen will. Gelassenheit: Freigelassenheit. Und fordern bereits zur Nachfolge auf.

Den Muff erbt Auguste.

Was die freigelassene Mitte betrifft, das fehlende Monument, so wäre durchaus über Statthalterschaft zu debattieren – Anstatthalterschaft – ich meine, als Ersatzhalt für noch schwankende Gemüter, bevor sie frei zu gehen, ins Offene zu schauen vermögen. Unser Rondell war eine überaus strenge Lektion im Fache Transzendentale Monarchie.

Soviel Strenge nennen wir schön.

Ja, Wilhelm.

Vom hoh'n Olymp herab
ward uns die Freude,
ward uns der Jugendtraum beschert!

Was singt Schelling dort vorn?

Was ich sing oder sehe? Ei, den Statthalter. Sein Gang ist nicht schwankend, eher ein wenig behäbig, fraglos würdig. Euren Statthalter der Poesie! Kommt, schaut durch die Stämme, laßt mich hinter euch Deckung nehmen.

Willst du flüchten?

Nein. Ich fühls nur eben, daß ich Bohnen gegessen hab.

Zeus, Donner und Blitz.

Was tun. Zurück oder vor.

Lieber ein Tag ein Löwe als hundert Tage ein Schaf.

Wenn es den Adler aber nach keinem Lämmchen, geschweige nach sieben Löwen gelüstet.

Soll er Reviere meiden, wo wir hausen.

Vorschlag zur Güte. Teilen wir uns.

Wer durch wen.

Wer Exzellenz nicht kennt – pürscht an.

Dorothea.

Und Charles.

Schlegels als Etikettenwächter, tout compris.

Otottotottototoi.

Ich geh mir einen Wind mit Schelling machen. Novalis zum Nachtisch, darauf mag Meister pfeifen.

Himmel, wenn die beiden zum Sturm ausrücken, muß Caroline als Friedensengel hinterher.

Zumal man von zwei Löwen hörte, die sich gegenseitig aufgefressen haben sollen.

Daß nur noch von einem der Schwanz übrigblieb.

Chaos und Cleopatra.

Ethos und Allotria.

Wen hattest du dir heute bei Tisch zur Gesellschaft gewünscht, Wilhelm ...

Da ist kein Gott außer Goethe, und Schlegel ist sein Prophet.

Die locker gefädelte Kette der sieben, zwischen Alleebäumen, verschlang sich zum Knoten, Schelling schnellte bis fast auf den mit Ziersteinen markierten Rand des Rondellpflasters zurück, Novalis tat einen Satz, puffte den Leutenant in die Seite und stieß ihn voran. Fang dir einen Segen, fratello. Dorothea fand sich einen Moment in der Waagerechten, wie ein Brett von Friedrich in die Höhe gestemmt, die Arme herabbaumelnd, und dem angewurzelten Wilhelm wiederum senkrecht vor die Stiefel geladen, mit Geächz, dies ist deine Stunde, Lucinde, so eng, daß ihre Zehen auf denen des Schwagers zu stehen kamen, und ehe sie nach hinten wegsackte, packten die vier Arme zweier Brüder sie im Rücken und in der Taillennaht, es kitzelte, ihre linke Hand wurde von Wilhelms durchgefrorener rechter abgefangen und auf Schulterlinie geschwenkt, polonaisenmäßig, wobei ihrer beider Körper auseinanderklappten wie Buchdeckel (freilich wie Deckel, die nur an einem einzigen Faden zusammenhingen), ich führe dich, Schwiegerin, getrost, dein Stern leuchtet helle. Friedrich flog gleich vollends nach hinten herum, wo er auf den verwirrten Soldaten traf, beide rappelten sich, grinsten und stellten ein properes Paar, Karl à gauche, Friedrich über alle Maßen vergnügt, als ihm einfiel, den Knotenstock schräg an die Hüfte zu pressen, Karls Degen kopierend, wenigstens für den Augenblick, da das Karree sich formierte, Schlegelgebrüder und Geheime Ratdebütanten je überkreuz, und abging. Eben bog, von den Ufergärten der Leutra herab, Goethe in die Allee.

Leck mich am. Er kommt von Schillern.

Wo er spies.

Falls sie noch Schüsseln haben.

He?

Die Schillerei zieht dieser Tage nach Weimar.

Da hat ers wärmer. Schiller, ich meine.

Katarrhe wie Karriere möchten profitieren.

Wenn er von Schillern kommt – wo steckt Schiller.

Der muß packen.

Ha.

Caroline hatte sich dem Knäuel a priori entzogen, indem sie behende vom Weg ins Gras gesprungen war, zwischen zwei Stämmen auf der Flußseite des Buchenspaliers, von wo sie weiter durch die verfitzte Narbe, ab und zu Stöckchen knackend, die Tour rückwärts schlürfte. Schien diese Welt denn einzig mit Genies und Exzellenzen bevölkert, oder mitnichten, war es ihr eigener Schicksalsfluch, der die Schweifsterne zwang, sämtlich in ihrer Nähe niederzugehen. Süßer Gedanke, jetzt mit Rose – Gläser blankzureiben. Sollten sie abends wieder draus saufen, die Göttergesellen, und sich dabei mit kosmischem Staub bewerfen. Welch schlichte Freude dagegen, die Bäume zu umarmen, einen nach dem anderen, mit einem raschen Druck beider Hände auf den borkigen Rücken, wie eine zum Abschied vor einer Reise aufgezogene Reihe flüchtiger Freunde. Als sie den Fuß auf die Plattform des Rondells setzte, war dieses in der Tat von zwei Standbildern eingenommen, Cherub und Beelzebub, Schweigen im Walde, die Mienen in unendlich belustigtem Grimme widereinandergekehrt.

Ihr solltet euch im Spiegel sehen, ihr holden Herzchen. Oder tut ihr, vor meinen Augen, nichts anderes als das. Verzerrt ihr eure Züge aus Verblüffung, daß jenes Gesicht, gegenüber, dem seit tausend Blicken gewohnten nicht ähnlich sieht. Ein Schrecken aus der Welt der Liebe. Ihr dauert mich.

Qui est là.

C'est moi, Caroline.

Bienvenu.

Qui es tu?

Schelling, le diable.

L'autre statue?

Novalis, le pape.

Ah! Ca ira …

Pfeifen der Windmaschine, bewegte Kronen. Das Karree auf
weichen Sohlen fürbaß, als gelte es, einen Schlafwandler einzu-
fangen, der wiederum weiß, was auf ihn zukommt.

Ahnte ichs doch, daß Schlegels hier geistern – Gegrüßt im Paradiese!

Ein Park, wo Goethe wandelt, hat diesen Namen verdient! Wir
verneigen uns.

Wie heute so artig, so wenig bübisch. Seh ich den Grund in der
bezaubernden Dame an seinem Arm.

– die wir Ihnen vorstellen möchten. Es ist Madame Dorothea Veit
aus Berlin, die Braut meines Bruders.

Ich hörte von ihr. Seien Sie an der Saale herzlich willkommen
geheißen, Madame.

Sie sind zu gütig.

Wie kommt es, daß der Bräutigam seine Braut an den Bruder leiht
und selber einen schmucken Soldaten des Weges führt?

Es ist Karl Freiherr von Hardenberg, Leutnant in kursächsischen
Diensten, stationiert in Lützen.

Etwa ein Bruder des Hymnendichters?

Ja, Exzellenz.

Und hat er, trotz seiner Jugend, schon gegen Franzosen gekämpft?

Nicht scharf gekämpft, Exzellenz. Doch sechsundneunzig lag unser Regiment am Rhein.

Brav. Er ist Zeuge gewesen, nicht Schütze. Wie unsereins. Wie die Geschichte sich anläßt, wird es viel zu bezeugen geben.

Möge ich Ihres Vertrauens wert sein.

Nun, meine Freunde, es macht mir Vergnügen, daß euer Kreis warme Weiblichkeit und besonnene Männlichkeit zu binden versteht.

Wir sind im tiefsten beglückt und lassen Sie nun in Frieden ziehen!

Unsinn. Genießen wir den Frieden gemeinsam, auf ein paar Atemzüge. Sie wollten zur Leutra …

Entr'acte. Die Denkmäler steigen von ihren Sockeln, die aus nichts als den eigenen Hacken bestanden, zusammengeschlagen. Bin ich ein Anstandsengel, grübelt Novalis, soll ich eine Liaison verhindern, oder will ich lieben. Muß ich streiten, und hatte nur ein Gesicht von Harmonie, das mir ein Liebender streitig macht. Grenzt übereilte Leidenschaft an allzu schnelle Niederschrift, zugegeben, in rüdem Schnitte. (Schweigen.)

Da sind wir vorderhand aneinandergenagelt: das Goethe-Verneinungsterzett, seufzt Caroline, nichtsdestotrotz, die gerade Allee, zurück in den alten Leichnam, lassen wir uns nicht scheuchen. So erwachen nur Scheintote. Rüstig seelengewandert, vorwärts, Freunde, kriechen wir durch den Wiesenpfad, schlagen den Bogen um die Lichtwolke unten herum, übers Ufergebüsch. Mensch, weinst du gegen den Strom, bleibt dir der Anblick der eigenen Tränen erlassen. Schelling?

Ja.

Wer ist Widerporst?

Schelling mimt einen Lesenden, Standbein, Spielbein, die Hände ein geöffnetes Buch. Wer Widerborst sei, welche Frage. Hinwiederum, nichts gegen Porst: Sumpfporst, ledum palustre, auch Schweineporst. Blüten rot. Lineale ledrige Blätter, unterseits filzig, stark riechend, von Bienen geliebt. (Pause.)

Novalis, vor der Lücke im Strauchwerk, wo der Pfad mündet, den sie vorher gekommen waren, knickt eine Zweigspitze ab, schreibt in die Hand: Alterierter Austausch von Argumenten gerät zu Gemütlichkeit. Ins Unendliche gesteigertes Tempo von Rede und Widerrede = Bienenschwänzeln = getanztes Unendlichkeitszeichen. Merken fürs BROUILLON. (Verfällt in Sinnen.)

Caroline, am Taschentuch fingernd: Mit Bienen kann die Zeit nicht dienen. Meine Helden, sie schlafen wieder. Ich habe, scheints, Talent für Wiegenlieder …

Die fünf in Cassiopeia-Formation, goldenes W, bachwärts wandelnd. Goethe die Mittelspitze, von Schlegels gerahmt, die eine Ellenlänge zurückbleiben. Vorn außen die Neulinge, links Leutenant Karl, rechts Dorothea, wie sie nur gelegentlich mit der Linken nach hinten greift, um sich dort der Rechten Wilhelms zu vergewissern, gelöste Schritte, man schweigt.

Es ist ein stürmischer Herbst, doch fanden wir den Fluß friedfertig und hören den Bach vor uns nur sachte rauschen. Exzellenz werden weithin gerühmt, daß vor anderen er es war, der die Saale hat bändigen helfen.

Keineswegs, Madame, weder habe ich mich über meine Pflichten hinaus hervorgetan, noch ist die Saale so zahm, wie sie scheint. Mehr noch, als daß Sie mir schmeicheln, freut mich die weibliche Wißbegier, der Natur unter den Schleier zu schauen.

Das Gespräch stockt, Dorothea hört statt des Baches das Blut in ihren Schläfen. Am Boden jetzt Ahornlaub, zwischen die Buchen treten hier andere Bäume, unregelmäßiger Bewuchs.

Die Saale soll winters sehr reißend sein?

Nicht nur winters, Madame. Sie ist es im Wesen, somit immer. Ein schönes Raubtier unter den Flüssen, wild mäandernd, sofern sich ihr nicht Felsenriegel in den Weg schieben, die sie doch vor Äonen gespalten hat. Der Mensch muß nun, um sich zu schützen, teils Wassers, teils Felsens Partei ergreifen.

Bitte. Erzählen Sie.

Der Mensch kann die Wucht des Stromes nicht mildern, nur umlenken. Dort vorn, wenig flußaufwärts, hat eine Saaleschleife uns über Jahre zum Kampf gefordert. Sie unterwusch einen Garten und bedrohte die daran vorbei nach Süden führende Landstraße.

Wühlte die Saale sich in der Schleife ein breiteres Bett?

Auch das. Diese Tendenz ist stets zu beobachten. Doch kommt es auf die Richtung des Stromstriches an.

Was heißt Stromstrich?

Das Wasser ist eine Schraube, im Drehen wirft es sich auf die Außenseite des Bettes, fegt dort eine Rinne und scheuert wiederum zur Mitte herauf, wobei es von den nachschießenden Massen in die Gegenkurve gestaucht wird. Gefährdet ist nicht der äußerste Punkt einer Uferkrümmung, sondern die Stelle, wo der Wasserdruck angreift.

Konnte die Straße befestigt werden?

Sehen Sie. Wir hätten das Ufer mit Lagen Packwerk und Faschinen abstützen können, und taten es auch, und wären doch den Fluten à la longue erlegen. Hier war, viel mehr als unser Trutz, unsere List gefragt. Nicht riegeln – sondern gewähren lassen.

Lassen und zähmen zur selben Zeit?

Ja. Wir schnitten die Schleife ganz ab. Danach schoß das Wasser zwar schneller, strich aber an besagtem Böschungsabschnitt vorbei, ohne ihn anzunagen.

Das nenn ich Genialität der lokalen Wohlfahrt!

Hübsch gesagt, Leutenant. Das Werk drohte aber auch zu mißlingen.

In welcher Weise?

Der Strom wollte beides, den geraden Fortgang und den Umweg, zugleich. Als der alte Arm schon versandet war und Sprößlinge von Korbweiden trieb, hinter dem rechten Ufer des Durchstichs, bildete sich, wo wir ein Brack durch einen Faschinendamm hatten abschlagen lassen, ein Leck.

O nein!

Sage ich wir, so möchten meine jungen Freunde mich nicht in der Weise mißverstehn, daß ich vor ihnen den Plural majestatis gebrauche. Zum Wir gehören eine Menge Personen, und das ist der Malaise anderer Teil. Ein Wasserbau läßt sich nicht durch ein trautes Paar aus Minister und Baumeister bewerkstelligen! Ist die Erlaubnis erteilt, fehlt Geld. Ein Ritt durch Ämter und Kassen: Wegebaukasse, Fürstliches Rentamt – Übrigens zahlte der Herzog das meiste aus der Kammerkasse. Ja. Grundstücke müssen acquiriert, die Besitzer entschädigt werden. Fischer fürchten um Fischgründe, der Rasenmüller fürchtet, daß die Rasenmühllache entweder austrockne oder die Mühle wegreiße. Kurzum, dreiundachtzig ward der Durchstich getan, fünf Jahre haben wir nachgebessert, da rasierte ein Eisgang beide Ufer ganz und gar. Es hieß also, drüben den Durchstich verbreitern, hie dämmen und riegeln, den Felsen spielen. In jenem Jahr siebzehnhundertneunundachtzig hat Jena einen Strom begradigt ...

Es wird Zeit, daß die drei den Rondellplatz räumen, denn die fünf wenden mitten auf der Allee. Angesichts des Leutragrabens streckt Goethe den Arm genau in die rückwärtige Richtung, um zur Beschreibung eines flußabwärts, an der Camsdorfer Brücke, vollbrachten Wasserbaues anzusetzen, hierbei dreht sich sein Körper natugemäß nach hinten herum, die Körper der anderen folgen ihm nach, jeder auf seinem Fleck, mit der Grandezza einer Sarabande. Im Nachschwung läßt Wilhelm Dorothea nach innen gleiten, an die Schulter des Meisters, und belegt selber den nun linken Außenposten. Caroline ist es gelungen, Schelling in den schattigen Pfad einzuschieben, wie ein Brot in einen Ofen, bleibt ihm jedoch auf den Fersen, ihrerseits Novalis dicht hinter sich spürend, als wenn er auf ihre Schleppe träte, was niemals geschieht. Ein Geräusch wie Flügelrauschen mischt sich aus leisen Windstößen, dem Knistern ihrer Kleider beim Gehen und dreierlei Atem.

So kann ein Paradies zum Karzer geraten. Milder Verweis der Geister nach Zwietracht. Selig werden nur Versöhnte. Exerzitien der Toleranz: Einer trage des anderen Schuhe. Einer tue des anderen Schritte. Zusammen gehen sie denselben Weg. Wiederholung der Wege. Verschlungene Wege, die sich selbst überkreuzen. Paradies ist nicht Utopia. Wir sind zu arbeiten hier.

Vielleicht hat er bloß die falschen Bücher gelesen, Novalis, und nimmer tu ich den Schritt ihm nach in *schöne glänzende Zeiten, wo Europa ein christliches Land war.* Die Zeiten waren wild, und Europa uneins.

Gewiß. Darf einer sich nur die Zukunft heilig wünschen? Nicht auch die Vergangenheit, den Ahnenschoß?

So hält er seine Zuhörer zum Narren, wenn er statt Geschichte Märchen erzählt, von Rom als Zentrum der Welt, *darin der Statthalter residiert – und der Weltteile Szepter führt – und lebten die Laien und die Pfaffen – zusammen wie im Land der Schlaraffen.*

Das sind Widerporstens hochfahrende Worte. Ich resümierte indes sehr nüchtern: *Unendliche Trägheit lag schwer auf der sicher gewordenen Zunft der Geistlichkeit.*

Will er behaupten, er habe auch nicht von jener *Heiterkeit* geblasen, mit welcher man aus *den geheimnisvollen Kirchen, die mit ermunternden Bildern geschmückt, mit süßen Düften erfüllt gewesen seien,* heraustrat?

Von Heiterkeit war die Rede. Es tut mir leid, daß ihm schwül davon ward, so sehr, daß er sich selber gleich eine noch schwülere Religion oktroyierte, nämlich die: *daß ich liebe ein schönes Knie – volle Brust und schlanke Hüften – dazu Blumen mit süßen Düften.*

Was nachgerade, ich gebs zu, auf seinem Miste gewachsen ist, da er denn *nichts als Liebe zu der heiligen, wunderschönen Frau der Christenheit* predigte und expressis verbis ihren Schleier lobte: *Der Schleier ist für die Jungfrau, was der Geist für den Leib ist!* Da lob ich mir ein nacktes geistvolles Weib.

Er wird, trotz voluptuösen Taumels, die Anspielung doch wohl verstanden haben.

O freilich! Seiner Eminenz im Buchrücken, Herrn Schleiermacher, teil ich sein Fett bei allem Respekt gleich mit aus, wenn ich mich hier im Plural verbreite: *Verstehen alles wohl zu rütteln – Gedanken untereinander zu schütteln – meinen viel Geist daraus zu entwickeln – tut aber nur in der Nasen prickeln.*

Was das Gedankenschütteln betrifft, so faß er sich einmal mit Recht an die eigene Nase. Derweilen er Invektiven ausheckt, war mir um die lebendige Ansicht von *Zeiten und Perioden zu tun, und ist diesen eine Oszillation, ein Wechsel entgegengesetzter Bewegungen nicht wesentlich?*

Soso. Seine Mixtur aus pastoralem Gestöhn und ungefährem Bericht will er uns jetzt als exakte Methode andienen.

Rhetorik bedient sich allerdings der Mixturen. Oder spricht ein Schelling in unverdaulichen Ballen? Kennt er nicht die Gesetze von Spiel und Widerspiel, mittels welcher das Publikum zum eigenen Denken gereizt und zum höhern Verständnis hinaufgeführt werden soll?

Sieht ein Novalis nicht ein, daß, wo er einen Schelling verbissen, erst recht die Welt wird nichts mit seinen Reizen anzufangen wissen?

Mit meinen auch nicht.

Wie, Caroline?

Fühl mich zwischen euch bald plattgerieben …

… vom Doppelwesen des Flusses, mit seinen gewundenen Tiefenströmen und Oberwasser, das rasch drüberhin spült. Sehen Sie die fünf Finger meiner ausgestreckten Hand. Es sind fünf Bögen der Camsdorfer Brücke. Rechts, neben dem kleinen Finger, das

Geleithaus. Links, zur Stadt, die von Saale und Mühllache gebildete Insel. Bei Niedrigwasser liegen um den Daumen schon Flöße, auf kiesigem Untergrund. Behalten Sie die Skizze vor Augen, ich senke die Hand.

Daß Sie nicht müde werden.

O Madame, im zähen Hinweisen ist dieser Arm recht tüchtig. Nun fegte die Saale, die dort ja einen Außenbogen schlägt, Anfang der neunziger Jahre ausschließlich durch meinen kleinen Finger, die anderen blieben trocken. Es sah lachhaft aus, die Brücke war in Gefahr, und bei einem fünfundneunziger Eisgang wurde die Widerlagsmauer am Geleitshaus fast eingerissen.

Als gelehrige Schüler ahnen wir, wie Exzellenz dagegen zu operieren trachteten: durch Verweisen des Wassers in die übrigen Finger.

Werden Sie mein Mitarbeiter, Leutnant.

Wurde das Flußbett durch Ausschürfen künstlich verlegt?

Warum sollten wir Wassers Arbeit tun. Die unsere hieß, dasselbe im kleinen Finger aufzustauchen, indem wir dort einen Fachbaum einpaßten. Der Strom nahm die Weisung an und legte sich auf Ring- und Mittelfinger herum. Um ihn näher zur Insel heranzuziehen, galt es nun noch, in Zeigefinger und Daumen, die sich mit reichlich Gries ausgesetzt hatten, Luft zu machen. Hierbei kam uns am Ende ein Novemberregen zu Hilfe.

Der Verlust der Brücke wäre für die Stadt ein Verhängnis gewesen.

Das vorerst abgewendet scheint. Im Kampf mit Naturgewalten sind nur Tagessiege zu erringen. Bei diesem hier, übrigens, schaute noch ein Quentchen lokale Wohlfahrt heraus – wie Sie zu sagen belieben.

Verraten Sie uns, inwiefern.

Das rechte Steilufer, zwischen Wehr und Geleitshaus, konnte,
nachdem der Wasserdruck von ihm weggenommen, geschrägt
und begrünt werden. Wir packten die Böschung mit Schanzkör-
ben, Pfahlwerk, Faschinen, hernach pflanzten und flochten wir,
was Ihnen bei einem Ausflug hinter den Fluß, an sonnigern
Tagen, schon als bescheidene Promenade gefallen mag ...

Caroline, mit einer jähen Wendung zur Seite, griff mit beiden
Händen so aus, daß sie vorn Schellings Linke und hinten Novalis' Rechte zu fassen bekam, in einem Moment, da sie vor
einem schräg in den Pfad hereinwachsenden Buschtrieb die
Köpfe einziehen mußten, einer launigen Schranke vor Betreten
des Hauptwegs. Wie sie dort selbdritt, gebückt, Hand in Hand,
gleichsam aus dem Unterholz auf die Allee herauswischten wie
Räuber, lachten sie laut auf und verstummten wieder, denn eine
Rasenbreite entfernt, hinter Baumreihen, verschoben und dreh-
ten sich Kleidungsstücke bekannter Personen, während hier kein
Bürger zum Plündern, kein Gendarm zum Reißausnehmen sich
blicken ließ.

Schaut dort rechts. Man rüttelt und kehrt um. Sähen Götter zu, sie
müßten gerührt sein, wie zähe wir auf getrennten, gleichwohl
parallelen Bahnen jenem Rauschebach namens Leutra zustreben,
den zu erreichen sie heute durch allerlei Prüfungen zu verwehren
scheinen.

Rauschebach erster Klasse. Auf seinem Schwemmfächer liegt Jena-
polis gegründet.

Geographisches war nicht gefragt, mon cher. Eher Historisches.

Ergo prüfe uns, Göttin, damit wir bestehen.

Es sei. Meine Frage, Novalis. Mag es sein, daß ihm, durch die Liebe weich geworden, die Vergangenheit verschwimmt, anders, daß ihm der Blick darauf zu kurz gerät. Kein Ahnenschoß, von dem uns doch Ketten von Generationen abgetrennt halten. Sondern ein Mutterschoß, immer noch, nun aufs neue so nah. Ein Kuß – mit geschlossenen Augen.

Mag sein. Ja und nein. Eher nein. Liebe schleift die Logik geradezu, wie die Linsen eines Fernrohrs. Vergangenheit und Zukunft erscheinen sehr nah, sehr klar. Der Zweck der Liebe ist immer Liebe. Freilich, die Liebe ist kein Vergrößerungsglas. Das greifbar Nahe – wie oft verklären wir es, um uns seiner nicht klar zu werden.

Wenn ich irgendetwas durch Linsen sehe – dann setzte er in seiner vor uns verlesenen Rede für Liebe Christentum.

Die Reihe der Rührung ist an mir, da Schelling zugibt, mich in einem Hauptpunkte verstanden zu haben. Vielleicht besser, als ich mich selbst.

Halt, hurra, Freunde. Nachdem wir diesen großen Schritt vorangekommen sind, keinen weiter, ehe nicht nur ein Schelling das Christentum begreift, sondern eine Caroline Europa!

Das wird eine lange Nacht im Paradiese.

Will er mich schmähen, Mull.

Um Himmels willen, Teuerste. Ich traus der Lerche nicht zu, daß sie den Acker erklärt.

Welch sommerliche Trope, mon Schelling. Nebenbei bin ich Bergmann. Studiosus der Erdreiche.

Womit wirs wieder nicht historisch hätten, eher geologisch.

O weh. Wir stelzen daher und quälen uns …

… kehren wir darum der Brücke den Rücken und wärmen die Finger in der Rocktasche. Wasser des Lebens, manchmal sind wir es leid, wenn es sich Jahr für Jahr zu Hochwasser auftürmt. Eben liegt mir Hofrat Starke in den Ohren, wir möchten eine Staumauer einziehen, diesseits der Brücke bis zur Scharfrichterei, zum Schutz der Inselgärten. Hebst du des Esels Last auf der rechten Seite, so rutscht sie dir links herunter …

… bekanntlich verstarb der letzte Papst vor zweieinhalb Monden, gefangen in der Zitadelle von Valences. Einen neuen dürfen sie nicht wählen. Wer weiß, ob je.

Will er sagen, seine Suada sei der Erschütterung über diesen Hingang geschuldet. Gewissermaßen einem horror vacui: Non habemus papam.

Nicht ich bin erschüttert. Europa ist es. So wie ein Erdbeben nicht nur die über dem Herd gelegene Gegend erfaßt, sondern die ganze, ringsum angrenzende Landschaft, so rüttelt eine Auflösung des Kirchenstaates nicht nur an Rom allein! Mit welchem Vergleich ich der Geognosie Genüge getan haben will. Denn letztlich ist das Ende des Papsttums, am Ende des Jahrhunderts, keineswegs Ursache der gewaltigen Umbrüche, es ist bereits deren Folge. Wem sage ich das …

… und fürchte auch, daß Madame sich ennuyiert fühlt, nachdem wir zwei Dezennien Jenaer Wasserbaues über sie ausgossen, immerhin, einen Abschnitt aus der Kampfeschronik des siedelnden Menschen. Ein wie zerbrechliches Werk ist eine Stadt.

Exzellenz mögen nicht glauben, daß ein Weib sich bei der Wirklichkeit langweilt – was allerdings bei Sermonen und Disputen über die Wirklichkeit mitunter vorkommen kann.

Dann ist sie mir geradezu ähnlich, in diesem Punkte. Nun macht es zwar einen Unterschied, ob ein Diskurs über Wirkliches sich im Vagen verliert oder wiederum in eine Wirklichkeit mündet, die von der ersteren quasi angezeigt war. Vor Literaten muß ich nicht beweisen, daß Natur in ebender Weise zu sprechen beliebt.

Und ihre Schülerin, die Poesie.

Wir sind uns einig, Professor Schlegel. Derzeit erregt mich überdies, wie offenkundig Wassers Natur und Weltgeschichte aufeinander verweisen. Womöglich hat man einer Europa bedrohenden Flut just vor fünf Tagen Herr werden können ...

... und gebrauchte darum das Gleichnis vom *Staatsumwälzer* alias *Sisyphus*, der seine Last auf die *Spitze des Gleichgewichts* kugelt, worauf sie ihm, nach einem Moment des Scheinfriedens, zur anderen Seite wieder hinabrollt. So würde es fortgehen, wenn nicht ein Drittes, *eine Anziehung gegen den Himmel* das Stemmen und Stürzen ausgleicht. Dieses tertium datur heiße ich Christus. Heißt ihr mich einen Träumer deswegen, nie war ich nüchterner. Er kommt als ein *Messias im Plural*, die Freunde sind seine Täufer, sie taufen einander mit Geist.

Ach, Novalis! Wäre es so.

Es wird, Caroline. Ich sehe *eine große Versöhnungszeit*. Nur Religion, wie eich sie meine, kann *die Völker sichern*. Kosmopolitische Wachheit. Innige Hingabe. Sie ist mit den Buchstaben der Bibel nicht zu beschreiben und in der Sprache der Aufklärung nicht zu verkünden. Darum reden wir heute noch aneinander vorbei. In der Schule von Schellings Zorn sollen die Worte reifen. Ohne Zorn keine *friedenstiftende Loge*. Ohne Reibung kein Leib, der beim anderen bleibt ...

... einstweilen lösen sich hierorts geringere Rätsel. Wer eben noch Frau Caroline in eurem Kreise vermißte, hört entweder Stimmen, oder er sieht die unverkennbare Gestalt eines Frauenzimmers zwischen Bäumen spazieren. Ja, täusch ich mich nicht, stolpert dort auch Leutenant von Hardenbergs Bruderherz, und steckt hinter dem dritten Subjekt ein gewisses Genie, übrigens nicht das erste, welches Schwaben an die Saale verlor.

Vergeben Sie uns, Exzellenz. Wir wollten nicht als siebenköpfige Horde von Strauchrittern vor Ihnen aufziehen, in der Stunde des vollen Magens.

Zu gütig. Ihr seid so listig wie liebenswürdig.

Sie streiten sich auch, Novalis mit Schelling. Ein Exkurs von der Gruppe tut beiden gut.

BLÜTENSTAUB und WELTSEELE. Der davon umnebelten Dame mag plümerant werden.

Gewissermaßen Christ wider Antichrist. Die Sache geht schon zu Papier. Nun wissen wir nicht: Sollen wir es drucken – oder verschlucken.

Verstehe. Ich soll – drauf gucken.

Geliebtester Meister ...

... schön und gut. Nähme er doch nur seine duftenden Kirchen vom Plan.

Hörte er mir doch zu. Sie sind Ruine. Das Wesen der Kirche wird echte Freiheit sein.

Die nehm ich mir und bitt euch, meine Täubchen: Haltet einen Augenblick ein. Das Wesen des Paradieses ist auch Schönheit. Wollt ihr an der schönsten Stelle blind vorbeiflattern.

Zeig sie uns, Caroline.

Dort links hinter der Saale. Die alten Bäume hängen ihre Äste ins
Wasser. Andere wachsen so krumm und schräg, daß wir wie auf
ein eingedrücktes, schwarz gerostetes Gitter schauen, aber der
Rasen darunter leuchtet wie flüssiges Silber. Unserer hier wirkt
leidlich grün und abgewetzt. Woher dort drüben soviel Licht.
Die freundlichen Kuppen darüber, von Hausberg und Hammel-
berg, tun das ihre zu einer linden Aussicht, und wo sich zwi-
schen beiden das Ziegenhainer Tal hinaufschmiegt, möchte ich
Züge seliger Menschen gewahren, die mit einer letzten, leichten
Mühe ihres Daseins gen Himmel steigen oder schon schweben.

Schön. Und schön gesagt …

… begleite Sie noch bis zum Rand des Baches. Die Brücke erlassen
Sie mir. Die Handbreit Saaleufer, wo schäumende Leutra und
schläfrige Rasenmühllache einander ihre Mündungen neiden, hat
erst vor drei Jahren geflickt werden müssen. Prüfen Sie selbst,
ob unser Stückwerk noch hält …

… darf nicht hinauf, darf nirgendhin, weil ich halt durchgefallen
bin. Die Göttin hat mir keine Frage gestellt.

Ich frag nur: Wo verfaßte Schelling sein Pasquill?

*Solches hab in der Frau Venus Horst – geschrieben ich, Heinz
Widerporst.*

So frag ich: Wann? Da Novalis uns seine Europa den gestrigen
Abend vorlas.

Zwischenhinein. Unter der Hand, beim Wein. An stillem Orte,
allein.

Was gäb ich für einen solchen, im kalten Park.

Pst, stille. Was soll Goethe von uns denken.

Vergebens, Dichter,
  Sucht ihr noch das Weite.
  Dort naht der Richter.
  Weiß er schon vom Streite?

Sich jetzt davonzustehlen, über die Bachbrücke, in südlicher Richtung aus der Anlage hinaus, lag nicht im Plan des Spiels und wurde dank der Anziehungskraft der Figuren aufeinander gar nicht ins Kalkül gezogen. Die Konjunktion von acht Wandelsternen – dank Uranus im Vereine – vollzog sich gleichsam mechanisch, wobei jeder seine Hüllen aus Linnen, Wolle, Kattun enger um sich schlang, zum Schutz vor der Kollision, am Seidentuch fältelte oder die Taille glattstrich. Wo beide Alleen in einen längs der Leutra zur Stadt hinaufführenden Weg ausliefen, mußten die drei der fünf unverstellt ansichtig werden, und umgekehrt, wozu gehörte, daß ihre Schritte sich auf dem ohnehin kurzen Wegabschnitt zueinanderbewegten, ohne Zutun des Bewußtseins.

Mon Dieu, quelle surprise – voilà le soleil – ubi Goethe ibi patria – o mein prophetisches Gemüt – so sehen wir uns wieder – die Geister platzen aufeinander – Seine Majestät der Zufall – o saeculum o literae – ein Augenblick, gelebt im Paradiese – ach –

Zur Sache, Freunde. Was halten Sie von Napoleon. Sein Staatsstreich den letzten Samstag. Die Lage in Paris, der Effekt auf Europa. Die Meinung des Poeten von Hardenberg, der sich Novalis nennt, würde mich vorzüglich interessieren.

Exzellenz, Ihre Frage enchantiert mich, so daß Sie mich erröten sehen. Wenn das Directoire seine ursprünglichen Ziele ins Ge-

genteil verkehrt hat, muß es abtreten. Wenn der Rat der Fünfhundert zur Rat- und Machtlosigkeit herabgekommen ist, muß
er aufgelöst werden. Der Zukunft stell ich die Frage, wie ein
neuer Machthaber sich bewährt, das heißt, ob er nicht allein aus
der Macht, sondern aus dem Geiste handelt.

Ihre Worte verraten Emphase so wie etlichen Zweifel. Und Schelling?

Ich stimme meinem Kontrahenten zu.

Sieh einer an! Wollen wir dieses als gutes Omen für unsere Breiten
nehmen. Nachdem ich nun die liebreizende Madame Schlegel
um Pardon bitte, ihr nicht als erstes meinen Gruß entboten zu
haben, lassen Sie mich zugleich der illustren Runde für heute
adieu sagen. Au revoir – messieursdames –

Au revoir – et merci –

Die Bewegung war noch nicht an ihr Ende gekommen. Als
Dorothea und Caroline sich heiter umarmten, flogen ihrer beider Schleppen jeweils der anderen um die Fesseln und setzten die
Geste des Umfangens dort fort. Die Brüder Hardenberg schlit-
terten durch den Staub aufeinander zu, packten sich bei den
Händen, Mulm und Laub spritzten zur Seite. Wilhelm machte
bei Schelling die Cour, während er zu Caroline weitersetzte.
Novalis gar touchierte, ehe sie rücklings Friedrich in die Arme
sank, Dorothea an der Schulter, was noch nicht gesehen ward.

Wie sie innehielten, konsterniert und befreit, schien es, als ob die
Luft sich verdickte und zu summen anfing, die Baumstämme
rundum schnitten Gesichter, eins über dem anderen, wie Totem-
pfähle, skurrile Fratzen. Goethe war hier, Goethe ist fort. Ein
Specht pickte ein Loch in die Haut, die sie alle umschloß. Die

summende Luft entwich, die Gesichter erloschen. Vivat Goethe. Er geht jetzt in unseren Kegel, sagte Friedrich. Rondell ohne Standbild, mit lebendem Statthalter. Genug geredet. Die Schritte lösten sich, ohne Not erreichten die sieben die Leutra.

Von der Brücke der Blick auf den Bach. Zwischen schwärzlichen Laubballen das Wasser, kaum eine Elle tief, auf der Stelle schäumend oder voransprudelnd, leidlich sauber, wenn einer senkrecht hinabsah. Erst weiter vorn, gradaus geschaut, auf der Schwelle zur Saale, dort hakten sie, Stücke Unrat aus Bürgers Wirtschaft, sogar der Boden eines Kinderbettes ragte halb aus dem Schlamm. Laß gehn, man bedenke, zweimal die Woche wird ein Teil der Leutraflut durch die Gassen Jenensis geleitet, um den Schmutz wegzuspülen, aus der Stadt, aus dem Sinn, manch einer wirft seine Effekten wohl auch mit Bedacht über dieses Geländer. Doch wie um die Trübung aufzuhellen, schaukelte ein Teppich aus Hunderten schimmernden Weidenblättchen auf den buckligen Wellen, wo waren die hergeweht. Rechts die Dschezira, Streifen Land zwischen Fließbach und Lache, akkurat abgeschnitten durch den Saalefluß, seid unbesorgt, Exzellenz, die Kante scheint noch solide. Die Rasenmühllache allerdings ist eine Brennesselmühllache. Zwischen den Nesseln ruppiger Beinwell. Was noch, Wilde Möhre, Wegerich, Scharbockskraut, was auf Wiesen gemein ist.

Weidenblättchen auch auf dem Hauptstrom. Ein besonders weißes, besonders rasch gleitendes, stellt sich als Bläßhuhn heraus. Das jenseitige Ufer so nah, so gut zu erkennen. Neben dunklen Stämmen eine verwachsene Birke, mit einem fast kreisrund gebogenen Ast, wie ein Henkel an einem Krug. Eine Ente zieht wacker hinüber. Ein Schwan hält sich diesseits, druckst auf dem über die Schwelle plätschernden Leutrawasser. Er hat ein paar graue Federn. Der Schwan – noch jung? Oder vom November gefärbt?

Rechts vorn auf der Landspitze, nebeneinander zwei Weiden. Die nähere kahl. Ihr Kleid ist es, das auf den Wellen treibt. Flugs warf ihr eine Kastanie ihr Laub über. Da hängen sie, die Blätter, molsche Lappen. Die andere Weide, dichter zur Saale, in vollem Schmuck. Wie aus der Tiefe heraufperlend, übersäen Gold- und Silberspritzer Luft und Boden ringsum – ein Sonnenbrunnen. Wo Zweige den Strom berühren, müßte es knistern. Aber, Freunde, das lassen wir jetzt.

NEUGASSE

DOROTHEA
Hab ich den Park und die Straßen niemals so einsam gesehen –

FRIEDRICH
Scheint ja die Stadt wie verhext, wie ausgestorben. Nicht fünfzig,
    Deucht mir, trafen wir heut von Jenas wackren Bewohnern –

DOROTHEA
Ists der November, oder die Neugier hinter Gardinen –

FRIEDRICH
Die da herniedergafft auf unser Häuflein von Narren.

AUGUST WILHELM
Bravo. Hermann und Dorothea. Von wem parodiert? Von Doro-
    thea und Friedrich. Nur weiter. Wir trotten im Takte.

FRIEDRICH
Bis wir das Neutor passieren, sinds nur noch Ameisenlängen –

DOROTHEA
Dann die Neugasse grad hinauf –

FRIEDRICH
Da wirds wieder staubig –

DOROTHEA
Enge dazu, so daß wir mit Mühe –

FRIEDRICH
Eben vom Flecke
    Kommen, geschweige, im metrischen Gleichmarsch, ihr Gute-
    sten –

DOROTHEA
Wieviel
Hübscher wars drunten –

FRIEDRICH
In saalischer Aue –

DOROTHEA
Wie frisch ging der Atem –

FRIEDRICH
Respektive der Wind –

DOROTHEA
Doch schweiften wir dort durcheinander –

FRIEDRICH
Schnatterten laut wie jenes Geflügel, wie das wir hier watscheln.

AUGUST WILHELM
Trefflich habt ihr gezählt, bis sechse, das möchte gelernt sein.

FRIEDRICH
Andermal Ente mit Soße tatütata hoppala Opa.

SCHELLING
Und er schob durchs Gelände, es kleckerte leise die Saale.

AUGUST WILHELM
Hexameter zu machen,
Die weder hinken noch krachen,
Das sind nicht jedermanns Sachen.

SCHELLING
Schade, daß Tieck nicht dabei. Er hat eine Drüse für Verse,
Die ihm den Duft nicht versagt. Ein echter homo homerus.

AUGUST WILHELM
Was besagt, daß zugleich mit dem Vers noch Inhalt ihm einfällt.

FRIEDRICH
Freilich. Wenn beides zwar meist ätherischen Fußes daherkommt.

NOVALIS
Nur kein Spott! Notorischer Tiefgang verachtet das Leichte.

AUGUST WILHELM
Nichts für ungut, Novalis. Dein Liebling ist auch der unsre.

CAROLINE
Wetten – kommen wir heim, sitzt er und wartet auf Tee.

AUGUST WILHELM
Hört ihrs. Weiblich zu enden, ist nicht meines Weibes Sache.
Letzte Silbe betont, männlich sachlich, und Schluß.

CAROLINE
Wird ein Pentameter draus,
    Ist der Vers eher aus
    Und wir schneller zuhaus.

AUGUST WILHELM
Sachte. Erst gilts, das Tor zu durchqueren. Dann Schillern zu lä-
stern.

FRIEDRICH
Halt, Poseure, *wer seid ihr?* Was denkt, wem dient, was besitzt ihr?
Niemand darf in die Stadt, der da nichts hat und nichts taugt.

SCHELLING
Mist-Iche ohne Mittel sind wir, beschönigen gar nichts,
    Aber sperrt ihr das Tor, treten wir über den Rand.

DOROTHEA
Leert eure Taschen! Auch Muffe und Ridiküle gewendet!
  Ob was Geschriebenes drin. Über Freund Fichte vielleicht?

NOVALIS
Ach, wir schrieben ja nichts, nicht für, nicht wider den Armen.
  Was er selber verfaßt, hält er in Preußen versteckt.

KARL
Dichter und Denker! so wißt: *Wer diese Straße bereiset,*
  Wirft dem beschränkteren Volk allerlei Losungen vor.

AUGUST WILHELM
Das verwünschte Gebettel! Es haben Goethe und Schiller
  Xenien satt gestreut, daß noch ein jeder dran kaut.

CAROLINE
Wenige Treffer sind leider unter fast fünfhundert Hieben.
  Dafür trifft beide Herrn tausendfältiger Zorn.

AUGUST WILHELM
Was einer einbrockt, das muß er auch essen.
  Hattet den rostigen Spruch ihr vergessen?

FRIEDRICH
Pereat Schiller!
  Wir fragen: Was will er?

AUGUST WILHELM
Als waimerischer Hofboëte
  Erschaint am kreeßten unser Keethe.

FRIEDRICH
Erst brachte seinem Schiller Goethe
  Das derb materiell Konkrete …

Dann brachte Schiller das Abstrakte,
Auch das Verzwickte, das Vertrackte ...

AUGUST WILHELM
Viel kratzfüßelnde Bücklinge macht dem gewaltigen Goethe
  Schiller, dem schwächlichen nickt Goethes olympisches Haupt.

SCHELLING
Jetzt ists genug mit dem Zitieren.
  Hör euch lieber parodieren.

CAROLINE
Besonders, da manches Selbstzitat –
  Wilhelm noch gar nicht geschrieben hat.

FRIEDRICH
Parodieren papagieren.

SCHELLING
Pokulieren räsonnieren massakrieren.

FRIEDRICH
Weiße Blasen seh ich springen.
  Wohl! Die Massen sind im Fluß,
  Laßt den Brei mit Schmalz *durchdringen,*
  Das befördert den Genuß.
  Auch von Wallenstein
  Muß die Mischung sein,
  Daß von Karlos und Kaballe
  Rein und hohl die Glocke *schalle.*

KARL
Heiße Karl und sage:
  Ihr treibts arg.
  Keine Frage:

Zimmert Schillern seinen Sarg.
Eurer Lästerei Gewinn:
Liegt am Ende selber drin.

NOVALIS

Schicktest mit edler Entrüstung den Spott der Freunde zum Teufel,
Bruder! Entspringt der Spott ja dem Hochmut oder der Krän-
kung –
Sagen wir, letzterer, Charles. Bist auch, zum Teufel, ein Dichter.

SCHELLING

Plagt ihn einmal der Hochmut, schreit er zweimal nach Satan,
Frommer Poete! Neidet dem Bruder sein Mitleid in Reimen.

FRIEDRICH

Schelling, sei stille, jetzt schelten wir Schillern, mit dem du beileibe
Mehr als vier Buchstaben teilst: den idealischen Geist.

AUGUST WILHELM

Ecce Friedrich! Echo Dorothea:

DOROTHEA

Schelling hat es mit Charles,
Mit dem ihn weniger eint,
Auch nur mitleidig gemeint.

SCHELLING

Schlug den Esel und meinte den Sack? Ich sage, du irrst dich.
Schlägt den Esel doch gern, wer sich als Ochse erkennt.

AUGUST WILHELM

Achtung, Ecke, Collega! Ecca, o Caroline:

CAROLINE

Das Eine – das ist es, was uns entzweit,
Das beiden Gemeine – im anderen Kleid.

FRIEDRICH
In der Tat passieren soeben das Hellfeldtsche Haus wir –

AUGUST WILHELM
Welches mit kantiger Front von links in die Gasse hineinragt –

SCHELLING
Daß du glaubst, du stößt dir den Kopf an der mächtigen Mauer –

FRIEDRICH
Weichst zur Mitte und hältst fürs erste den Schnabel, bis wo dir
   Abermals niedere Gärten den Blick ins Offne erlauben –

AUGUST WILHELM
Schillers Sommerbehausung meinst du mit Händen zu greifen!

CAROLINE
– Und so kommt das Gespräch auf gehabten Ärger, zurücke.

FRIEDRICH
Suum cuique.

AUGUST WILHELM
Laßt ihn Friedrich doch spießen! Fragt sich am Ende ja einzig,
   Wer hier Spießbürger sei. Unsereins oder er selbst.

FRIEDRICH
Darum gehts nicht. Sondern um Augenschwäche. Daß meinen
   Eichenen Wanderstock selber als Spieß er gesehn.

AUGUST WILHELM
Eher als Stift sah er den. Mit dem du allerdings kräftig
   Gegen ihn losschriebst, Fred. Angefangen hast du.

FRIEDRICH
Irrtum. Noch eher erschien sein Machwerk gegen die Weiber,
Würde der Frauen nennt ers. Wißt ihr noch, wie wir gelacht.

SCHELLING
Schiller das Huhn, und Schlegel das Ei? Nun, Schiller ist älter.

FRIEDRICH
Ist er älter, ei nun, also ist Schiller das Ei.

CAROLINE
Ehret die Frauen, sie flechten und weben
Himmlische Rosen ins irdische Leben ...

DOROTHEA
Ehret die Frauen, sie stricken die Strümpfe ...

CAROLINE
Flicken zerrissene Pantalons aus ...

SCHELLING
Schiller das Huhn, und der ältere Schlegel das Ei,
wenns genehm ist.
Wilhelm hat persifliert. Friedrich hat nur kritisiert.

AUGUST WILHELM
Nun, ein Huhn legt ja mehrere Eier, draus wiederum Hühner
Schlüpfen. So heckt Natur streng nach der Literatur.

FRIEDRICH
Unsre Pentameter sind heut auch nicht mehr, was sie mal waren.

AUGUST WILHELM
Was im Griechischen klappt, klappert im Deutschen zu sehr.

CAROLINE
Ewig aus der Wahrheit Schranken
Schweift des Mannes wilde Kraft …

DOROTHEA
Brummt wie Bären an der Kette,
Knufft die Kinder spat und fruh,
Und dem Weibchen, nachts im Bette,
Kehrt er gleich den Rücken zu …

AUGUST WILHELM
Als das ältere Ei müßte ich höchlich gekränkt sein,
Daß der Ingrimm des Huhns just nach dem jüngeren hackt.

CAROLINE
Kein Neid unter Genien,
Wilhelm. Das siehst du schief.
Friedrich bekam mehr Xenien,
Du einen Brief.

AUGUST WILHELM
Darin gings um andern Verdruß. Und wieder um Friedrich.

FRIEDRICH
Altes Huhn lud ältres Ei, in seinen HOREN
Zu vermehren die Legion der Translatoren.
Eilte ältres Ei von Amsterdam nach Jena,
Ward von altem Huhn auf Hühnerkurs geschworen.
Hörte jüngres Ei, das ältre sei in Jena,
Eilte es von Dresden, stand vor Jenas Toren.
Jüngres Ei schrieb seinerzeit für Reichardts DEUTSCHLAND.
Altes Huhn gab R., als Demokrat, verloren,
Hat auch gegen ihn und jüngres Ei gegackert.
Kaum war jene Xenerie zu Most vergoren,

Neues Ungemach, da jüngres Ei im DEUTSCHLAND
Schmält: In Jahrgang sechsundneunzig, Schillers HOREN,
Sei zwar manches neue Licht zu Wort gekommen,
Doch die Übersetzer mehr als die Autoren.
Altes Huhn, in Rage, griff zur Feder:
Warum hab ich Huhn dich ältres Ei geboren,
Wenn das nachgelegte mich exakt deswegen
Aus der Schale piekt! Und es entließ den Mohren.
Schlüpften schließlich aus den Eiern selber Hühner,
Gicks und Gacks. Geh euch mein Prachtgasel zu Ohren!

NOVALIS
Gott! sind wir albern –

FRIEDRICH
Erst in der Müdigkeit zeigt sich die Freundschaft –

AUGUST WILHELM
Fällt der Schicklichkeit Corpus –

FRIEDRICH
Stehst du als nackichter Geist.

SCHELLING
Eben drum. Die Versfüße stolpern, die Füße schleifen –

KARL
Wartet der Tieck auf Tee, streben die Freunde zu Tieck.

CAROLINE
Oder wir enden, in unserem Zustand, im Gelben Engel.

DOROTHEA
Auch ein verfrorenes Huhn zwitschert einmal einen Korn.

CAROLINE
Gott! bin ich Eis. Hier merk ichs erst, zwischen den Häusern.

AUGUST WILHELM
Oben am Engelplatz heizt dir den Wind wieder ein.

NOVALIS
Mir gefällts nicht. Wie wir, am schwachen Beispiel der Großen,
Selber der Schwachheit verfallen, kleinlich zu kritikastern,
Und uns wie Kobolde aufführn, weil uns die Zehen vexieren.
Haarspalterei ist der Antagonismus des Herzen-Vereinens.
Gehen wir nicht, wo wir sind, auf Vulkan. Selbst im Anschein
Mineralischen Friedens sächsisch-thüringischer Hügel
Oder gepflasterter Straßen. Denkt an den Furor der Saale.
Muß die Tiefe uns strafen, ehe wir Tiefe beweisen.

FRIEDRICH
Während du dich dem frühern deiner Lehrmeister lieb machst,
Kränkst du den spätern, Abraham Gottlob Werner in Freiberg,
Dem das Gestein neptunisch, aus weichenden Wassern entstanden.

NOVALIS
Ich sehs anders. Feuer ist Wasser. Und Schiller ist Feuer.
Vivat Werner. Sein Urgestein ist die Asche der Meere.

AUGUST WILHELM
Beim Poseidon! Lassen wir Wernern wieder beiseite,
Stein bei Stein, und Novalis sich über Schillern ergießen.

NOVALIS
Wenns in Hexametern sein muß – nun gut. Das fallende Versmaß
Mag die Eloge befördern. Lieber tät ichs in Jamben –
Oder in Maßlosigkeit. So maßlos vermessen, wie ich mein
Schülerherz in nicht enden wollenden Briefen ihm vorwarf.

Wie wir an seinem Krankenbett wachten. Ein Schild aus Stirnen
Gegen die Sense Saturns. Der zog noch einmal vorüber.

SCHELLING
Gegenwärtig triffts eher die Gattin. Sie fiebert vom Kindbett,
Sagte mir Schiller beim Kartenspielen. Das Kind ist fünf Wochen!

NOVALIS
Seht doch, Schelling ist ihm noch freund. Das freut mich an
Schelling.
Steht ja das Spiel der Geister zu ernst, um Trumpf zu vergeben.

KARL
Wie schön, o Mensch, mit deinem Palmenzweige
Stehst du an des Jahrhunderts Neige …

FRIEDRICH
In Schillers *Künstler* kenn ich mich nicht wieder.
Auch bin ich nicht *der reifste Sohn der Zeit.*
Sing keine Dreißig-Strophen-Lieder
In edler stolzer Männlichkeit,
Ich knüpfe nicht *der Dichtung Blumenleiter.*
Sie soll zerreißen. Wir gehn unten weiter.
Saug du an Schiller. Sei sein Geistesegel!
Ich falle lieber ab und heiße Schlegel.

NOVALIS
Erkennst du nicht die Trauer meiner Liebe.
Gießt der Gesell die Form mit Masse aus –
Schaut vom Gerüst der Meister ins Getriebe.
Verwöhnt ihn Schönheit auch im Gartenhaus,
Vor ihrer Kälte muß er fliehen. Ach,
Die Leutra ist kein *Harmonienbach.*
So ist der Kunstsinn, bei uns allen,
Vom *Ideal* ins *Leben* abgefallen.

AUGUST WILHELM

In Weimar wird ihm eingeheizt.
  Dem Schiller, mein ich, nicht dem Leben.
  Wo Ideal den Kunstsinn reizt,
  Zu Weimar, wird ihm eingeheizt,
  Der Herzog nicht mit Brennholz geizt,
  Hat vier Mess jährlich ihm gegeben.
  In Weimar wird ihm eingeheizt,
  Dem Schiller, mein ich, nicht dem Leben.

CAROLINE

Statt Wilhelms Trioletten
  Wünsch ich mir dicke Betten.

SCHELLING

Bitten um Versverschonung
  Zwecks Erreichen der Wohnung.

FRIEDRICH

So sitzt uns Poesie schon im Gebein.
  Die Knochen klappern lyrisch von allein.

AUGUST WILHELM

Das Huhn, vom eignen Ei am Kopf getroffen,
  Es rennt, es kennt die Welt nicht mehr,
  Was eher war, bleibt weiter offen,
  Und wer da warf – hat Dotter am Revers.

CAROLINE

Rennen wär die beste Idee.
  Dieweil am Platz ich Engel seh.

FRIEDRICH

Nicht rennen, aber rüstiger spazieren,
  Derweil die Zehen Xenien strapazieren:

DOROTHEA
Warum plagen wir einer den andern? Das Leben zerrinnet –

ALLE
Und es versammelt uns nur einmal wie heute die Zeit.

SCHELLING
Kunst *ist Messe, geschwind,* ihr Künstler, verschönt uns *die Bude,*
    Dem winkt ein Glückslos im Topf, der was Billiges schafft.

CAROLINE
Was das entsetzlichste sei von allen entsetzlichen Dingen?
    Ein Poet, der sich zwingt, nüchtern und nützlich zu sein.

NOVALIS
Manche Gefahren – sie nahn im Mantel des neuen Jahrhunderts.
    Einst erinnern wir uns an die Chimäre des Glücks.

AUGUST WILHELM
Alles in Deutschland wird sich *in Vers und Prosa* verschlimmern –

KARL
Erst, wenn die eherne geht, dämmert *die goldene Zeit.*

ZIEGENHAINER

Falls da Engel über den gleichnamigen Platz zogen, so waren sie klein, schwarz und überaus zahlreich, ein Saatkrähenschwarm, und man kam überein, daß sie nicht heimisch wären, sondern von weither aus Nordost, aus Liv- oder Kurland, auf Winterreise – Landskrähenschaften, ihren hier studierenden Landsleuten zum Gruß und Schutze. Oder kämen sie von jenen weiter hinten gelegenen polnisch-russischen Gegenden her, wo jetzt schon Eis und Schnee die Felder verschlössen, wogegen Saalathens wohlfeil fröstelnde Aue noch Nahrung in südlicher Fülle für sie bereithielt. In der Tat schlang sich ein breiter Zug von Morgen nach Abend, über Löbdergraben und Grietgasse, wie um den Stadtkern zu meiden, Richtung Leutrabrücke hinaus, leicht nach Südwest gen Lichtenhain drehend, nicht eben hastig, doch in kräftigen Schwüngen die Teile der Menge gegeneinander verschiebend und austauschend, als würde die Luft über dem Engelplatz mit Tausenden schwarzen Flügeln in einen lockeren dunklen Teig geknetet. Die Freunde, wie sie gerade noch eilen wollten, standen still, das Gesicht zum Himmel gewandt. Die Stille war ein einziger heiser trutziger Klageschrei.

Inzwischen hatte sich die Gegend vor dem Löbdertor auch halbwegs wieder mit Menschen bevölkert. Nach Mittagsmahl und Mittagsruhe eilten mehr Leute ihren Beschäftigungen nach, die für nicht wenige Mannsbilder darin bestand, sich zum ersten Mal diesen Tag in eine der hier herum verlockend vielen Wirtschaften zu verfügen, ob Engel, Adler, Roter Hirsch, Halber Mond, je nach Stand und Gewohnheit, zu Bier und lautem Räsonnieren über die Zeitläufte. Was an Weibern vorbeilief, war in Mäntel gehüllt, wie sie die feineren Damen verschmähten, hielt die Blicke gesenkt und allerlei Beutel, Bündel, Pakete an die Brust gedrückt oder hatte Körbe an den Händen hängen, der Schritt war fahrig, Weibes Zeitläufte eben, die nur lautbar wurden, wenn wie hier unterm Giebel der Grietgassecke zweie, die sich kannten, aufeinanderstießen und sich in halb gurrenden halb krakeelten thüringischen Litaneien für Minuten Luft machten, gleichzeitig, ohne daß die eine verstand, was die andere meinte und was sie ohnehin wußte. Dumme Eitelkeit, dachte Dorothea, die uns verbietet, in solchen Mäntelchen durchs Paradies zu wandeln und darin weniger zu zittern. Honette Herren fehlten im Straßenvolk. Kein Wunder – wohnte zwar Schütz, seines Zeichens Professor der Beredsamkeit, am Platze, blicken ließ er sich nicht, schweigen wir auch von seiner Allgemeinen Literaturzeitung, bitte, wir, die wir ein Athenäum austreiben, Pfahl im Fleische manchen alteingesessenen Engels. Nein – die Rose lag am oberen Ende der Stadt, wo Honoratioren, falls außer Dienst, bei einem Glase Wein das kleine Kartenspiel pflegten, nahe dem Pulverturm, gelle, Schelling, nicht weit von deinem Logis, gerade ein paar Schritte den Fürstengraben hinauf, dann links ab ins Gassendickicht. Links schien auch hier die Richtung zu sein, es schoben sich mehr Gestalten von Morgen nach Abend denn umgekehrt, von welchen einige, seine Portallippe aufsperrend, der Hirsch fraß, die übrigen riefen den Engel an und wichen noch einmal vom Platze ab in einen heimeligen Hof, begrüßt vom buntfelligen, spitzohrigen Hofstaat der Engelwirtin, deren Stimme einer, denkt er nur dran, glaubt, durch die Türe bis nach draußen zu hören: Nu, een Biersche? Een Ziegenhainersche oder een Ammerbächersche? *Sie spricht immer im Diminuitiv*, wobei ihr Lieblingskater auf dem Schanktisch um ihren Arm oder den Zapfhahn streicht, so daß nicht selten beim Ex pleno! een Katzenhärsche in Zechers Kehle kitzelt.

Die sieben zauderten, nebeneinander aufgereiht, ausgangs der Neugasse und verschlossen diese wie ein Gatter. Aber es half nichts, ein Einspänner – hagerer Gaul, struppiger Kutscher, vermummter Fahrgast – querte, vom Holzmarkt kommend, den Engelplatz und hielt auf sie zu. Das Gatter splitterte auseinander.

Keine Brüder Studio heute – außer den Krähen – die zwecks Fidelität nach Lichtenhain ziehen. Wie auch, im November. Das gäbe ein Heimgeschwanke in der Nacht. Die Laternen gingen zu Bruch, wie zuvor die Bouteillen.

Weshalb die Hainer dir Holzkannen vorsetzen.

Die, an den Kopf geworfen, nicht zerschellen.

Nichts da, November. Seit siebenundneunzig steht Lichtenhain im Verschiß. Wegen eines Vorfalls mit einem benebelten Jäger.

Du hast keine Ahnung, Brüderchen. Ein Rauschebier, wie es die Lichtenhainer brauen, entbehrt einer nicht über Jahre.

Und der Herzog?

Der Ernst, meinst du, Schwiegerin? Sitzt in Gotha. Lichtenhain gehört zum Gothaischen. Gotha ist weit. Gotha ist goethelos.

Unsere Musensöhnchen haben ihnen auch mitgespielt. Haben einen Gerichtsschöppen niedergesäbelt in der Dorfkneipe. Bei üblen Raufereien ziehen die Lichtenhainer die Sturmglocke. Dann rücken die Ammerbächer zu Hilfe.

Een Ammerbächersche, bitte!

Nee, een Tee!

Zu früh abgespannt. Kaum hatten sie sich neuerlich auf die Enge des Gassenstücks zusammengezogen, welches den Engelplatz vom Holzmarkt trennt, schien da kein Durchkommen mehr, denn übern Holzmarkt marschierte ein Trupp ebenjener Studiosi, denen die Freunde für den heutigen Tag gern entgangen wären. Das zielte auf den Engelplatz. Das hatte Bier im Sinn oder schon im Leibe. Eine Kollision stand unausweichlich bevor. Drüben das Löbdertor spie weitere Pulks von Burschen aus, Bemooste und Füchse, wie einer sehen konnte, denn ein Studium in Jena glich auch einer Tanz- oder Dressurschule: Unverkennbar nahmen die höheren Semester einen Habitus an, gegen den die Bewegungen der Jüngeren bieder tolpatschig abstachen. Der vordere Zug gröhlte: *Ein freies Leben führen wir …,* das Tumultlied, laut doch uneins, offenbar in einer zu hohen Lage angestimmt, so daß Bässe und Brummer ungeniert ihrem eigenen Kehlenstolz freien Lauf ließen. Nun, kein Tumult, aber Getümmel.

Flucht zurück oder Satz nach vorn, hieß die Scheidefrage, die binnen Sekunden zu lösen war, wollte man vor dem in die Gasse hereindrängenden Haufen ungerempelt davonkommen. Rechts herum! Mondenwärts! schrie Wilhelm und kicherte im selben Moment über seine Erfindung einer panischen Poesie, dem Namen eines Gasthofs geschuldet, der rechterhand hinter dem Eckhaus lag, von dort war es ein Sprung bis zum Löbdergraben. Wilhelm faßte Caroline, die faßte Schelling, der faßte Dorothea, sie faßte Friedrich, der hielt das Ende seines Stockes Karl hin, der griff es und packte mit der Linken Novalis' Handgelenk. So schnellten sie vorwärts, wie ein Knotenseil, am Mauerwerk schürfend, über den Prellstein gestolpert. Das Burschengeschmeiß! krähte Friedrich, heute schießen wirs nachgerade nicht auf den Mond! Auf dessen Backen setzen wir selber! womit er Wilhelms Figur ritt, der Gelächterfunke lief derweil durch die Reihe nach hinten, konnte freilich die Frauen nur zu kurzen Huchs und Hachs, eher Achs, verleiten und narrte am Ende Novalis. Dieser, als Schlußglied in besonderem Maße dem Zerren und Rucken der übrigen ausgeliefert, hatte statt auf den Boden zum Himmel hinaufgeschaut, das heißt, zu eines vorspringenden Giebels Dachtraufe, der allerdings die letzten Nachzügler des Krähenschwarms zu entwimmeln schienen, einem Vogel hänge sein Blick sich an und sah alsobald den Platz Ex coelo!

Genossen! eine unendlich komische Verknäuelung! Ob Lachen mich schüttelt oder, via Karlens Arm, der peinliche Zustand unseres Friedenclubs.

Tief drunten eine Szenerie wie der Aufriß eines Trichters. Sein oberer, nördlicher Rand die Stadtmauer. Seitlich darunter zeigen grau gesprenkelte Flächen – rechts Löbdergraben, links Ratsteich – die Begrenzung an, die sich diesseits in den schräg verlaufenden Dachfirsten zum südlichen Winkel des Holzmarktes zusammenzieht. Von hier führt Trichters Röhre auf den Engelplatz. Da muß ein Sog sein, daß Scharen von Wichten durchs Löbdertor in den Trichter purzeln, darin umeinander treiben und in die Röhre drücken, bunte Mützen, Pekeschen und Stiefelchen, selbst im Gedränge noch steif, wie Puppen an Fäden. Eingangs der Röhre strampeln sieben Däumlinge in die Gegenrichtung, ein rührend trauriger Anblick, wer hätte nicht schon einen Käfer mit der Wand eines Zubers kämpfen sehen, in den er hinabgefallen, halb versucht zu helfen, halb abgestoßen, diese dort hakeln Zangen und Füße ineinander, ich armes Wurm zuunterst im Röhrenhals, doch der oberste, erste scheint eine Höhlung zu finden, er rettet sich, die übrigen schlüpfen nach, ergo, die Sicht zwischen Himmel und Erde reißt ab. Ich schnurre zurück in den Panzer.

Die Höhlung, wo sie zu Atem kamen, war der Eingang zum Hof des Halben Mondes. Nun wollte zur Stunde weder Wurm noch Wicht bei selbigem zum Kommers einkehren. Darum war unterm Torbogen zunächst gut Bleiben und Ratschlagen.

Apropos, Stock. Ein Großteil der Wichte trug Ziegenhainer. Vom Nahkampf einer einzelnen Eiche gegen ein Schock Kornelkirschen möchte ich absehen, stöhnte Friedrich.

Immerhin lassen sie heutzutage ihr Rapier auf dem Dachboden.

Es lebe die Antiduellbewegung –

Nichts schreitet zäher voran als die ERZIEHUNG DES MENSCHEN-GESCHLECHTS. Peu à peu, präsentiert es zwar minder spitze, dafür um so härtere Waffen.

Wenn dir die Philosophie noch zu Scherzen gerät –

Immerhin macht die Angst uns rote Wangen –

Und warme Füße.

Auf welchen wir diesen gastlichen Ort baldigst verlassen wollen. Der Wirbel läßt nach. Drüben tröpfelts nur noch Burschen aus dem Löbdertor.

Gemach.

Falls der Scherz je wieder in Philosophie umschlägt – Zwei von uns sieben verdienen Professorenbrot. Was ist lächerlicher, als des Nachmittags vor denselben Buben Reißaus zu nehmen, die wir morgens zur Andacht zwingen: Silentium für mein Privatissimum –

Silentium! wirkt immer. Nachmittags heißts freilich etwas anderes.

Ein Prost den fröhlichen Zechern!

Da – hört ihrs! Abziehendes Gaudeamusgeschrei.

Pereat tristitia!
  Pereant osores!
  Pereat diabolus
  Quivis antiburschius
  Atque irrisores …

Wo bleibt die treudeutsche Fassung, Brüder!

Nieder mit der Nüchternheit!
  Niemand solls verübeln,
  Kehrt der Bursch zur Kneipe ein!
  Wer da will ein Bursche sein,
  Der muß mit uns kübeln ...

Hab ichs nicht gesagt.

Deutsch wars wohl, treu weniger.

Noch weniger von Johann Christian Günther. Was sie sonst immer
  singen: *Brüder, laßt uns lustig sein! ... Laßt den Himmel walten!
  Trinkt, bis euch das Bier besiegt, nach Manier der Alten ...*

Günthern laß. Friede seiner Gedenktafel, so im Collegium Jenense
  hängt. Ein Dichter, mit achtundzwanzig Jahren dahingerafft,
  schauriger Gedanke.

Pereat tristitia!

Pereat cunctatio: Nieder mit der Trödelei! Wir könnten schon
  übern Graben sein.

Du meinst, dran vorbei, meine Liebe.

Wortlos wurde beschlossen, scheinbar gemächlich, wie von ungefähr und immer am äußersten rechten Saum des Holzmarktes
  entlang, das Löbdertor zu erreichen, gesetzt, im Stadtinnern
  herrsche inzwischen Ruhe. Man schlich einfach los, die entgegen
  allen Beteuerungen vor Kälte abgestorbenen Füße trappelten und
  machten sich Wärme, wobei sie vorankamen, die Gruppe hielt
  eng zueinander und rotierte wie ein erkaltender Stern, dessen
  Schöße und Rücken mal innen mal außen, auf der Gefahrenseite,
  umliefen, nur der Schwerkraft und Zentrifugalkraft gehorchend,
  letztere von den fünf Männern getreulich dadurch unterminiert,

daß sie mit geblähter Brust und auswärts gestemmten Ellenbogen die beiden Frauen in ihren Ring schlossen.

Drohte eigentlich Gefahr. Zu welchem Zwecke schubste, spazierte, marschierte eine Kompanie von Milchbärten und schmetterte Lieder. Unleugbar spielte Renommisterei ihren Part, aber war schon das Maß überschritten, das der Chronist mit den Worten beschreibt: *Haben sie ihren Kopf mit Bier erhitzt, so taumeln sie heraus auf die Straßen, fallen jeden, der ihnen begegnet, an und schlagen mit ihren Knotenstöcken drauflos.* Zu allem Übel der Unsicherheit waren sie verschieden gekleidet. Es lebe das Ordensverbot! blieb Wilhelm im Halse stecken, denn was sich seit Anna Amalias Machtwort ans Verbot hielt, war gerade einmal die Couleur. Die Orden und Kränzchen händelten skrupellos weiter und hüllten sich, wenn nicht in Stillschweigen, so in die geleckten Hüte und Röcke, Mätzchen oder Mützchen der gängigen Mode. Schwarze Brüder: bunte Brüder! Haben wir Fichtes Peiniger vor uns, Nachfahren jener Brut, die ihm nächtens die Fensterscheiben einschmiß, oder lediglich aus obskurem Anlaß bepichte Gesellen, die unsereinen, walte Gott, für eine senile Abart der ihrigen ansehen und, wenns hochkommt, gnädig auf die Schulter klopfen dürften. Fichte aber auch, der Gallenmeister. Was man so Galle nennt. Hätte sein Hauswirt, weiland Unterlauengasse, ihn nicht am Nachthemd gegriffen, wäre er den Kerlen mit Säbel und Pistole hinterher. Viereinhalb Jahre ists her! und kaum Besserung. Fichte weit und weltweit. Handelt sichs – um Karzerpoesie. Um leicht angeschwipstes Komitatsgeleit: Wurde ein mittleres Semester, womöglich cum infamia, von der Universität relegiert. Die Brüder bringens zur Stadt hinaus, mit Gebrüll. Oder setzt die herzeigene Furcht uns in Rausch, in einen Rausch des Zauderns und Weiterhetzens, egal, von Fichtescher *Gesellschaft freier Männer* – kein Niederschlag im Kolben.

Nicht auszudenken, wieviele Kriege es braucht, bis zur Gesellschaft freier Frauen.

Die Kriege der Frauen müßten die grausamsten sein.

Frauen schießen bequem mit ihrer Zunge, ohne Rückstoß.

Noch sitzen wir nicht beim Tee, um Abseitiges zu diskutieren.

Scheusal, teures.

Absolution! Will im weiteren nur bemerken: Heut ist ein Tag, der nicht durch Entsatz der Weimarer Tumultkommission in die Geschichte eingeht.

Inschallah. Noch ist die Sonne nicht hinterm Berg.

Wie schließt du auf Sonne, an diesem Molkenhimmel.

Durch Analogie und Erinnerung.

Kommt rasch. Ich bins leid.

Man war übern Holzmarkt gelangt, man hatte den unter Gröhlen und Rufen abziehenden Haufen im Rücken. Das Löbdertor lag verlassen. Die nichtstudentische Einwohnerschaft schien ohnehin geübt, sofern sie in solche Aufmärsche geriet, sich binnen Sekunden in irgendwelche Ritzen und Fugen zu verdrücken, selbst die letzten fliegenden Reisigverkäufer waren samt ihrer Ware verschwunden. Das fehlte noch, daß die Herren Burschen sie plünderten, um zu gänzlicher Unzeit und an falschem Orte Silvesterfeuer meinen anfackeln zu müssen.

Dichter und junge Laffen, sie bringen Farbe ins Leben, darum *erboset euch nicht,* treibt es das Leben zu bunt! skandierte Friedrich übermütig, als erster unter die Torwölbung getreten und sich am sonoren Hall seiner Stimme erfreuend, hierbei klopfte er mit dem Eichenstock die Hebungen seines Xenienverschnitts kräftig gegen die Wand. Da kam ein Echo, das nicht seinem braven Wanderknüppel geschuldet war noch sich ans Versmaß hielt, sondern von etlichen Ziegenhainern herrührte, mit welchen drüben, Ausgang Stadtseite, gegen das Mauerwerk gedroschen wurde, nach edlem Beispiel, doch mit ungleich derberer Wirkung. Ein Trupp junger Leute verstopfte soeben den engen Durchgang, um stadtauswärts zu schwirren, vermutlich jenen ausgerückten Bierbrüdern hinterher. Warum so verspätet? Aus Zufall, aus frischem Entschlusse? Oder aus Lethargie, Bleigliedrigkeit, auf schwanken, vom Suff bereits weidlich mißgesteuerten Beinen?

Schokoladisten sinds nicht! schnaufte Wilhelm Das paukt und das prügelt!

Im Nu war wiederum der Kreis der fünf Herren um die zwei Damen geschlossen, vielmehr eine zusammengequetschte Ellipse, die da versuchte, starr wie ein Vorsprung der Mauer, an dieser entlang nach vorn zu gleiten, Scharade der Unauffälligkeit, mittels steifer Oberkörper sowie unendlich langsam schleifender Sohlen, ein Anblick für euch, Götter, nur gebt, daß keiner lachen muß.

Unitisten!

Amicisten!

Id est: Schwarze Brüder.

Sapienti sat!

Mein Latein ist am Ende.

Im Gegenlicht seh ich: Es ist eine Frau dabei.

Eine Dulcinea am Arme ihres Scharmanten.

Sackerlot. Eine gemischte Gesellschaft – wie wir.

Erweicht ein Weib der Männer Reihe,
  Entweichen wir kommod ins Freie.

Schelling reimt noch im Schacht.

Widerporst läßt grüßen.

Jedoch, zur Karambolage kam es nicht. In der Geschwindigkeit sich überstürzender Gedanken und Affekte schrammten die Welten aneinander vorbei. Jede vibrierte für sich. Wilhelm sah im Dämmer, zwischen quirlenden Beinen, einen Hund. Viele Raufereien entstanden der Hunde wegen, wenn ein betuchterer Bursche sein Tier zu Tische mitbrachte und dieses einem Kommilitonen dessen soeben aufgetragenes *Stück Braten im Duodezformat* wegschnappte oder gar, unter dem Tisch, gegen seinesgleichen die Zähne fletschte, so daß wiederum der Besitzer des Mithunds zur Ehrenrettung den Schläger zog. Zum Weib also noch ein Köter, welch unübersichtliche Liga von Kreaturen. So klar deren Ziel war, nämlich die kneipenbesetzte Vorstadt, so zufällig schwenkten die fünf sechs Mannspersonen ihre Ziegenhainer über den Köpfen, eine Art atmospärisches Blasenschlagen, ohne Arg. Dorothea sah statt einheitlichen Wichses die Typen herausgeputzt mit grellbunten Schärpen, Röcken, Kappen oder Baretten, ein Glanz, den nur für diesen Moment die Torüberdachung mit uniformem Schatten übergoß. Eine Loge des Chaos, trist oder heiter, noch nicht bis zum Grad des Beobachters fortgeschritten. Was jene dennoch bemerkte, war ein Soldat in Montur und Degen auf Seiten der heimstrebenden Gegenwelt. Man trollte von dannen. Karl spreizte sich und genoß den Widerhall seines Gelächters.

Tugend ist zur Energie gewordne Vernunft, sinnierte Friedrich, Untugend ist ... an Unvernunft verschwendete Energie. *Tugend!* murmelte Novalis, ... *Unabhängigkeit vom Zufälligen.* Solange uns, sprang Schelling ein, das Zufällige nicht vom Dogma auf den Index gesetzt wird. Das Zufällige ist das Lebendige. Dogma erzeugt Untugend, Staatsdogma nicht ausgenommen ...

Meine Engel des Denkens! rief Caroline laut und verstummte. Sie hatte mit angstvoller Neugier versucht, einen Blick auf das verdunkelte und verdeckte Antlitz des weiblichen Wesens zu werfen, das die Burschen da wegschleppten, weg aus dem Leben, weg aus dem guten Ruf, der einzigen Münze für gutes Leben. Eine Wäscherin oder Aufwärterin, Jenenser Philistertochter, zu lieben verführt, zu verderben bestimmt, abrupt oder langsam. Vielleicht war sie schon schwanger, dann starben zwei, im Kindbett oder an der Verachtung. Oder an der Engelmacherin, die ließ auch ein Goethe hinrichten, macht drei Leichen, wenns hochkommt, auf eine Leidenschaft. Nein, dieses nicht denken. Mit den Männern denken, wenns auch ein Wahn sei, er hilft über den Tag. Sie hatte den Mund des Mädchens gesehen, der stand offen, vor Gier, vor Erstaunen, Entsetzen, oder wie Münder von Toten in Tausenden Fällen eben offenstehen. Die Lippen hatten im Halbdunkel ihre Farbe verloren. Vorüberflirrende Narbenränder.

Im Nichts, das blieb nach der verjagten Erinnerung, flog Caroline nach Hause, übern krähenfreien Himmel. Tief unten, am Grund der zwischen Dächern eingeschnittenen Schluchten, mühte sich der Troß der Gefährten voran und hielt auch ihren Körper schützend im Arm. Im heimischen Hof spielte Philipp und legte aus Scheiten und Reisern ein Bild. Als über ihm die rechteckige Luft sich eintrübte, warf er das letzte Stück Holz zu Boden und kreiselte um die eigene Achse. Zwielicht – Mutters Wiederkehrzeit. Doch Caroline, durch Flucht und Leichte begünstigt, fand ihn einen Augenblick eher als die übrigen, die erst von der Leutragasse her sich einfädeln mußten, wie Kamele durchs Nadelöhr.

Jena, 15. November 1799

...

Nun hören Sie!
Gestern Mittag bin ich mit Schlegels, Caroline, Schelling,
Hardenberg, und einem Bruder von ihm dem Lieutenant
Hardenberg, im Paradiese (so heißt ein Spaziergang hier) –
wer erscheint plötzlich vom Gebirg herab? Kein andrer als
die alte göttliche Excellenz, Goethe selbst. Er sieht die große
Gesellschaft, und weicht etwas aus, wir machen ein geschicktes
Manöver, die Hälfte der Gesellschaft zieht sich zurück, und
Schlegels gehn ihm mit mir grade entgegen. Wilhelm führt mich.
Friedrich und der Lieutenant gehen hinterdrein. Wilhelm stellt
mich ihm vor, er macht mir ein auszeichnendes Compliment,
dreht ordentlicher Weise mit uns um, und geht wieder zurück
und noch einmal herauf mit uns, und ist freundlich und lieblich,
und ungezwungen und aufmerksam gegen Ihre gehorsame
Dienerin. Erst wollte ich nicht sprechen, da es aber gar nicht zum
Gespräch zwischen ihm und Wilhelm kommen wollte, so dachte
ich, hol der T. die Bescheidenheit, wenn er sich ennuyiert, so
habe ich unwiederbringlich verloren! Ich fragte ihn also gleich
etwas, über die reißenden Ströme in der Saale, er unterrichtet
mich, und so ging es lebhaft weiter. Ich habe mir ihn immer
angesehen, und an alle seine Gedichte gedacht; dem Wilhelm
Meister sieht er jetzt am ähnlichsten ...

AFTERREDE

Weimar, 15. November 1799

Freitag, gegen acht Uhr früh. In einer leichten zweispännigen Kutsche, durch deren Verdeck es hereinzieht, Tieck und Novalis, nebeneinander. Ihnen gegenüber, so daß ihre Knie zusammenstoßen, Karl von Hardenberg auf der unbequemeren Bank, gegen Fahrtrichtung. Der Wagen kostet zwei Taler, inclusive Tieckens Rückführung am Nachmittag, plus vier bis fünf Groschen Biergeld, in Anbetracht der Wartezeit des Kutschers, doch besser nach der sicheren Heimkunft auszuhändigen, das geht an. Mißliches Wetter, der graue Morgen verbietet es, von einer Lustpartie nach Weimar zu sprechen. Vergessen die Muse Leichtsinn, mit der sie den Plan um Mitternacht ausgeheckt haben, verflogen die Weinlaune. Nur Karl ist heiter. Als er seinen Bruder den Rockkragen aufstellen und Tieck das Plaid zwischen Kniekehlen und Sitzkante feststopfen sieht, muß er lachen. Laß die beiden einen Kollegen besuchen. Ich, Karl, besuche einen Heiligen, den heiligen Jean Paul. Man steckt erst im Mühltal. Hier fegt der Wind weniger eisig, dafür ist das Licht noch trüber. Dazu der Schauder, es möchten wie öfter in der Vergangenheit Plünderer auftauchen und das Gefährt überfallen. Zwar kehrte der Staat mit eisernem Besen. Draußen unter schütteren Fichten liegen noch Trümmer der Räuberquartiere verstreut.

Gott, laß ihn auf seiner Stube sein.

Zu dieser Morgenstunde sitzt er fest – und schreibt.

Einzwei Seiten wird der TITAN durch uns heute einbüßen.

Wofür einzwei Titanen ihm die Ehre geben.

Ach, Charles. Kannst aus Bescheidenheit nicht bis drei zählen.

Wenn der Titan nicht wieder aus ist. Auf Titel- oder Brautschau.

Den Titel hat er schon. Hildburghausenscher Legationsrat. Statt Brautschau sag Bräutigamschau. Die Damen lassen ihn kommen, er sie abfahren.

Falsch. Er sei versprochen, heißt es.

Versprochen ist noch nicht gehalten, in seinem Falle. Hauptsache, er hält sich eben jetzt ans Papier, damit wir ihn antreffen.

Wenn nicht – fahr ich gleich zurück. Was soll mir Weimar, ohne Goethe, den wir in Jena haben, auch wenn ich ihn gestern im Paradies versäumen mußte. Um Herder mach ich einen Bogen.

Gewiß, Ludwig. Über die schmale Tintenspur im Aufzug deines PRINZ ZERBINO muß noch viel Wasser die Saale, die Ilm und die Spree hinabfließen, bis Herder sie nicht mehr für Galle hält, über ihn ausgegossen.

Ach, Fritz. Es macht auch warm, neben dir in der Kutsche zu bibbern.

Seht doch hinaus. Die Braunen ziehn wacker. Haben soeben den Schneckenrücken erklommen. Von hier gehts glatt zwischen Feldern dahin. Wie so schön sinnbildlich für unser aller letzte Reise. Am Ende einer beklemmenden Schlucht erwartet uns helles Licht.

Ödes Land. Schales Novemberlicht. Dreister Wind. Will sagen, Herr Karl, ich leg mich noch nicht sterben, und wenns endlich sein muß, dann bitte im Lenz oder Sommer, damit den Würmern Zeit bleibt, sich bis zu meinen Knochen voranzufressen, ehe Frost hereinbricht. Letztselbige sollen dann ruhn oder schlottern, was kümmerts mich, der ich fort bin, in Form meiner weichen Teile und Seele – vielleicht in Gottes Schoß, wo die Friererei aufhört.

Ludwig hat noch nicht ausgeschlafen. Träum deinen Alp nur fertig, Lieber. Wenn du aufwachst, findest du dich zunächst hienieden, unter Freunden.

Nichts für ungut. Mein täglich Morgenland heißt – Lemuristan.

Behüt dich –

Die Rappelei zumindest läßt nach.

Ja.

Besserer Straßenbelag.

Hm.

Wer so dahinrollt –

Der? Fahr fort.

Ach, nichts.

Rechts, ein Sonnenstreif überm Acker.

Womöglich blinkt die Sonne uns gerade ins Genick, aber da wir gen Abend reisen, erblicken wir allenfalls beschienene Gegenstände.

Plato läßt grüßen.

Und Werther leiden.

Ich reise mit dem Rücken gen Abend und sag euch: Sie scheint.

Karl läßt die Hoffnung nicht fahren.

Im Gegenteil. Ich laß sie mich fahren.

Sehr hübsch.

Unsere Reise ist ein Faden, auf vier Rädern gesponnen.

Parzenmäßig, meinst du.

Durchaus.

Möge der Faden am Tisch des Titanen enden, nicht vor seiner Tür.

Mag sein, daß wir doch selber spinnen.

Ist auch gleich.

Gleich? Gleich, gleich. Zähl ichs an den Knöpfen ab: Er ist da, er ist nicht da, er ist da –

Hurra. Daß die Räuberfuhre sich lohnt.

Das Glück uns schillert.

Reißt euch am Faden, Gespielen. Den Vogel, der morgens singt –

Ach, bittrer Winter –

Fritz fürchtet, daß wir selber von innen die Kutsche umwerfen könnten, in welcher wir sitzen.

Recht hat er. Und in Ihnen ein treues Echo, Leutenant.

Jetzt haben freilich Sie unrecht, Herr Tieck, da ich im ebigen Momente Ihr Echo war, und nicht seins, und, wer weiß, wie oft und wie lange und in wievielen Dingen noch sein werde.

Kommt Zeit, sing auch nur laut genug dein Ego, Bruderleben.

In dulci jubilo –

Es ist recht eigentlich der Mensch – der Trauer in die Natur bringt. Das Wetter, die Landschaft draußen – sie sind unschuldig freundlich.

Dein Mißmut, eine Laune. Ein Tier leidet tiefer, denn es kann sich ein Leid nicht erklären.

Es sei denn, wir sind es, die seine Erklärung nicht verstehn.

Und wer will wissen, ob starkes Licht nicht eine Qual der Natur anzeigt. Wie bei den Indern die Trauerfarbe weiß ist.

Ein Flammenschein vom Niederbrennen einer prächtigen Siedlung, die hinter unserem Horizont liegt –

Meine verehrtesten, teuersten Freunde. Vor unserem Horizont glaub ich die laublosen Wipfel des Webicht zu erkennen, was hieße, nah dahinter liegt Weimar im Tale, wo zwar vor dreizehn Jahren das Schloß abbrannte und vor zweien der Schweinemarkt, zwischenhin aber noch etliche Hütten und windschiefe Dächer erhalten sind, mit Herden und Herzen darunter, zum Beispiel das Haus Windischengasse Ecke Markt, wo wir hinwollen, wo eins mit Litern Tinte seinen Brand auf dem Papier löscht –

Und mit Litern Bier seinen Durst.

Hü hott, hinab, ihr Gäule!

Greif dem Kutscher nicht in sein Werk. Stell dir vor, er mischte sich in unseres.

Blessierte Passagiere, mißratene Poesie –

Der Mensch ists, der an die Welt
   Den Fidibus hält –

Lobe den Herrn! Ludwig ist der Vorhölle des Morgens entronnen
und wieder der alte.

Also brauchts unsere Reden nicht mehr, um ihn wachzukitzeln.
Nach soviel Mühe wird mir selber schläfrig –

Leg er den Kopf auf die Decke, in die Kuhle zwischen meinen
Knien, Leutenant. Wohl taug ich nicht, seinen Sonnenposten
zu übernehmen, aber doch, kurz vor Erreichen des Kessels Be-
scheid zu sagen.

O nein! Danke, Herr Tieck! Und seien Ihre schmerzenden Knie
der Garten Gethsemane, ich bin Soldat und kein Jünger, der da
in schicksalvoller Stunde einnickt.

Ruhig Blut. Es soll heute keiner gekreuzigt werden. Auch nicht mit
Worten …

Mittlerweile war es gegen Viertel vor neun auf Novalis' Taschenuhr, und das Gewöll des Webicht schied sich bereits in einzelne
krumm oder steil in den Himmel stechende Baumspitzen,
während zu seiten des Weges noch brache, raingesäumte Äcker
tatsächlich tiefen Schlaf zu halten schienen und ein abseits ge-
legener Weiler vorüberglitt wie ein toter Fisch. Durch Umpfer-
stedt führte die Straße mitten hindurch, doch außer einer beiseite springenden Katze kaum Leben. Der Himmel versprach
einen blankeren Tag als den gestrigen. Wenige stille Wolken.

Wie fandet ihr letzten Abend.

Gut. In Genovevas Glanze. Mein und Schelling Widerporstens Zwist, ein abziehend Ungewitter.

Die Damen matt, wen wunderts, aber hold.

Und die Schlegelschen Herren?

Ein kosmischer Knäuel. Vollmond und Sonnenfinsternis gleichzeitig.

Ent-wickeln Sie ihn, s'il vous plaît.

Der Mond im Vollbesitz seines Scheins. Die Sonne, sich selber in Protuberanzen verschwendend, wir sehen ihr Antlitz nicht, sondern den Erdenschatten davor wie die Rückseite eines Spiegels –

Hab Nachsicht. Mond älter als Sonne?

Genau.

Wenn, was du Sonne nennst, ein eben auf höchster Glutstufe verhüttetes Erz wäre.

Du kennst Friedrich länger als ich.

Êternellement ...

Sie verstummen. Der Wagen schaukelte von neuem heftig, als der Weg sich nach Durchqueren des Waldes zur Ilm hinabsenkte, doch das Geholper tat wohl, es knüttelte die Spannung aus den Leibern, im Tanz des Vorwärts- und Seitwärtsschwankens wurde aus Neugier- und Ungeduldsbundeln ein gefüges Gepäck, das passierte die Kegelbrücke, das Kegeltor, fuhr um die triste Baustelle des Schlosses, bog an Vorwerksgasse, Mistgasse vorbei rechts in die Schloßgasse ein, sodann wiederum links um den

Bornberg und, bereits auf dem Markt, im Gegenschwunge um das vorspringende Rathaus bis zur Windischen Ecke, wo es, nach scharfem Brrr des Kutschers, vom Sitz aufflog und zu frischem Bewußtsein kam.

Voilà. Beim Sattlermeister Kienholz, zwei Treppen. Wer attackiert.

Geht ihr, Hardenberge. Ich muß mir, zum Henker, die Glieder reiben.

Aber doch nicht wir beide, zu zweit? Wer möchte Herrn Richter so erschrecken.

S'est vrai. Ludwig reibt sich die Glieder, Karl rührt sie. Nicht wahr, Charles, bist auch am begierigsten. Dies ist ein brüderlicher Marschbefehl.

Zwei Treppen himmelwärts – ich fliege schon.

Novalis nimmt Tieck das Plaid aus der Hand und faltet es, Tieck knetet seine Knie behutsam unter verschlucktem Gestöhn, der Kutscher weiß, es geht um seine in Weimar zu verwartende Zeit, ob Stunden oder Minuten. Minuten, nach denen Leutenants Stimme Herbei! Er empfängt uns! aus des Sattlermeisters Türrahmen gellt und das restliche Paar Herren durch den offengelassenen Verschlag hinausgeklettert ist, mithin Stunden – sechse? Der Herr bedenke das Licht. Fünfe? Es sei. Schlag halb drei.

Hiermit beginnt eine unendliche, auf Uhren nicht meßbare Zeit, da die Zeiger zwischen Glas und Zifferblatt stehenbleiben, die großen über der Sechs, die kleinen von Neun und von Zehn gleich weit entfernt, von Gedankenstürzen blockiert, Unruh von Ungestüm außer Kraft gesetzt (was das Trio der Ankömmlinge betrifft), während droben das Pendel der Wanduhr im Knacken aus dem Takt gerät (schien es dem vom Schreibtisch aufgesprungenen Richter) und von seinem rechten höchsten Punkt, einem zum Fenster hin gelegenen Tapetenflecken, nicht wieder herabfällt, summa, viermal im selben Moment, auf eine dürftige Hausbreite, babylonischer Überschwang, zwar nach Verzücktheit, Frevelmut, Skepsis viermal verschieden – spätere Sprachverwirrung nicht ausgeschlossen. Kurzum, Tieck genießt sein zweites Erwachen und Erwärmen diesen Morgen sowie die Wiederkehr seiner heißesten Gefühle, indem er, Gicht hin, Rheuma her, zwei Stufen auf einmal nimmt, um sich Hesperus, dem Großmeister der Unsichtbaren Loge und Bewohner des Kampanertals, ans Herz zu werfen: eine Premiere, welche Novalis schon hinter sich hat und darum bedächtiger, wie geistesabwesend, hinter ihm hersteigt. Zuunterst Karl. War er voher geflogen, sucht er nun jede Stelle, die sein Abgott tagtäglich mit den Sohlen berührt, mit den eigenen auszuschürfen.

Der da vor ihnen stand und die Stubentür aufhielt, war ein Wutz Fixlein, ein Siebenkäsbleich. Grußreden, Willkommensfloskeln, Verweisen aufs Sofa. Heranrücken von Stühlen. Ende der Unendlichkeit.

Ein Augenblick Schweigen kehrt ein. Tieck sitzt zusammengesunken, verwirrt oder doch noch nicht gänzlich mit dem Morgen im Reinen. Karl ist auf seltsame Weise damit befaßt, den eigenen Wimpernschlag wahrzunehmen, das mehrmalige Zucken, wie eine milde Strafe für allzu weites Augenaufreißen, ein Tränenschleier entsteht, läuft aber nicht über, sondern hält sich zwischen den nunmehr enger zusammengekniffenen Lidern und verformt den Blick, beziehungsweise die erblickten Gegenstände, das sind jetzt die schwarzen und weißen Tasten des aufgeschlagenen Klaviers, deren rechteckige Umrisse verschwimmen zu diffusen rundlichen Flecken, o welche Scham muß meine Seele verbüßen, daß in dieser Minute die Vorstellung Kuhhaut aufkommt. Novalis wendet den Kopf munter von einem zum andern, hält dann beim Gastgeber inne und schaut ihm in die Augen. Der sagt: Das Beste und Einzige, was ich Ihnen anzubieten habe, ist ein Schluck fränkisches Bier, das mein Freund mir geschickt hat, warten Sie, ich hole Gläser von der Wirtin. Die steht aber schon mit dem Tablett vor der Tür, wirft einen großen Mutterblick nach drinnen und verschwindet.

À votre santé –

Vivent les belleslettres –

Vive la beauté et la bouteille –

Möge die Quelle, aus der Sie uns tränken, immerfort strömen –

Ach ja. Eine Bier-Ilm habe ich mir schon geschaffen, eine Bier-Saale dürfte noch draus werden. Nachdem die englischen Sorten hier ungenießbar sind.

Auf ein Wort, Richter. Wir wollen keinerlei Fluß unterbrechen, geschweige denn versiegen lassen. Mein Bruder Karl reist ohnehin den Mittag nach Lützen, doch hätte ihm ein Verzicht auf den Segen Ihres Anblicks den Ritt gründlich verdorben. Tieck kehrt nach Jena zurück, ich nach Weißenfels. Werfen Sie uns hinaus, wanns beliebt.

Novalis meint, Ihr Titan sollte durch unsere Schuld keinen Zoll kürzer geraten.

Au contraire, messieurs. Durch Ihren Besuch erhält er noch einen Zylinder auf dem Kopfe. Hoch, hoch! Sie ahnen nicht, was Ihre Visite mir, am heutigen Datum, bedeutet.

Sie haben doch nicht etwa Geburtstag.

Nein. Todestag.

Erbarmen – der schwärzeste aller Späße.

Verzeihen Sie. Spaß und Rührung sind zwei Waagschalen einer Waage – die schwankt noch, vom Luftzug, der Sie Zeitgeister hereinwehte.

Edelster, bester Jean Paul, ich reit nicht nach Lützen, eh ich den Grund Ihres Dilemmas erfahren, noch darf ich darauf bestehen, ihn uns zu eröffnen – Wie, wenn Sie für uns auf dem Klavier phantasierten – Wüßte ich nicht, daß Sies gern tun, ich würd nicht drum bitten – Auch möchte in einer Runde von dreieinhalb Dichtern die Last der Worte so drückend werden, daß nur die Musik uns aufhilft.

D'accord, Freiherr. Ich bin beklommen, die Stille wäre beklommen, also spiele ich …

Es entstand aber doch eine Pause, Beinahe-Stille, in der nur ein leises Wischgeräusch von der Sprache abführte, denn Jean Paul hatte, nachdem er sich ans Instrument gesetzt, von dessen oberer Platte ein zwischen Papieren liegendes zerknülltes Tuch heruntergezogen, schleifte es leicht von den tiefen Tasten bis zu den hohen und wieder zurück, so mehrere Male, als wolle er nichts weiter als Holz und Lack, in ihrem staublos glänzenden flächigen Frieden, den Einschlag seiner Finger ankündigen – pardon, habe die Ehre, Pianofortemusik, gar die zarteste, ist nun einmal ein Hagel der Fingerkuppen – wobei er Erleichterung fühlte, seinen Gästen nicht ins Gesicht zu sehn, während gleichzeitig ihre Anwesenheit wie ein wohliger, gewaltiger Schauer ihm den Rücken durchwärmte, so abgewandt vom Kamin hob er die rechte Hand noch einmal, warf das Tuch an den Platz, ließ sie niedersausen, stach fünf Töne aus, einen Mißklang.

Die linke Hand bedeckte die rechte, um diese darunter hervor kriechen, sich schütteln und erst wieder eingreifen zu lassen, als jeder der fünf Töne einzeln versetzt war, an einen genehmeren Ort, im Abstand einer Oktave, ein Thema wie ein prächtiger Korb, aus dem in paradiesischem Spiel Schlangen und Vögel gemeinsam behende nach allen erdenklichen Richtungen hin entweichen ohne zu flüchten, Windungen, Flüge mit- oder gegenläufig, das Gehör hat seinerseits den Verstand beim Korb zurückgelassen wie eine Haut, wiegt sich im melodischen Netz, verliert sich, schläft ein. Eine zeitlose Spanne vergnügter Wehmut, bis Paradieses Zauberer den Fuß vom Pedal nimmt und alle miteinander heimbefiehlt durch ein Tor von trockenen, leisen Akkorden. So, oder anders.

In meiner Todesstunde wünsche ich mir solche Musik.

Fritz, du vergißt, du hast gerade jüngst neu zu leben begonnen.

Gerade, weil der Beginn so nah zurückliegt, hängt noch das Ende daran.

Die Tastatur des Klaviers liegt wieder eben, so blank poliert, daß Jean Pauls Finger sich von der schmeichelnden Glätte nicht trennen können, sie kosen sie, peinlich sacht, ohne daß eine Taste nachgibt und ein Tal und ein Ton entsteht. Mählich wendet er den Kopf zu den Gästen, dann den Oberkörper, zieht die Hände nach und kichert, wie er da verdreht auf dem Schemel sitzt.

Bitte um Schonung. Kein Lob, keinen Dank. Kehre zu Ihrer werten Gesellschaft an den Tisch zurück, dank meines Glases, das auch dort wartet. Bin so frei, Ihnen nachzuschenken. Ein geringer Rest, hinab mit ihm.

Bleibt doch ein Rest, nur durch Zusatz von Sprache aufzulösen. Was es mit Ihrem Datum auf sich hat.

Ach, meine Freunde. Vor neun Jahren traf ich meinen Tod, nicht über Liebe, nicht über Krankheit, sondern als ganz gewöhnliche, immerwährende Umnachtung – welcher nur eine einfache Frau, meine damalige Wirtin, temporär mich entriß, respektive vom Fenster wegriß. Fünfzehnter November neunzig. Seitdem ist er treu. Daß er den heutigen Tag Ihre Gestalt annimmt, Gevattern, macht ihn mir um so teurer. Vergessen wir es. Wahre Liebe – überdauert Vergessen. À la votre –

Nun denn, wenn wir in der Maske des Todes vor Ihnen an Wert gewinnen, tragen wir sie leicht.

Sind Sie mir böse, Tieck.

Keineswegs. Ein wenig Verblüffung tut der Neigung, mit der ich kam, keinen Abbruch.

Und Sie, werter Friedrich von Hardenberg.

Mir ist die Maske längst die Wange geworden. Die Art, wie unsere Wege sich kreuzen, bezeichnet ein Bündnis, nicht bloß im Kalender.

Mon cher.

Enfin, mir als dem Jüngsten – kalendermäßig – mag einer das Wort Auferstehung als Blasphemie auslegen. Doch fand ich, daß nicht nur Worte in Töne auferstehen, und umgekehrt, sondern Freunde, insbesondere Wortes geprüfte, ineinander – kontemporär –

Weiser Jüngling, im Leutnantskostüm.

Mein Kostüm, wie Sie es zu nennen belieben, zwingt mich indes zur Beachtung des Kalenders, im niederen Sinne. Meine Stunde ist gekommen, will sagen, meine Reisestunde. Zwar nehm ich nicht Abschied – aber von Ihnen. Muß Lützen im Hellen erreichen. Seh zu, daß ich ein Mietpferd finde.

Wir begleiten Sie, zu Anna Amalias Wittum. Dort, vor ihren Fenstern, acquirieren Sie, was Sie brauchen.

Très bien. Merci beaucoup.

Allons, tout de suite.

Entracte, Abgang. Tanz des profanen Zubehörs. Pantoffeln ver-
worfen, Stiefelschleifen geschnürt. Letzte Bläschen, in Biernei-
gen platzend. Federnde Stiegen, hernach, auf drei Etagen, dreierlei Öffnungswinkel der Türen. Des Mieters, sperrangelweit. Der
Sattlerin, heimlich fingerbreiter Spalt. Die Haustür, kräftig her-
angezogen und zu. Die Herren bereits, den Markt im Rücken,
ins Innere Frauentor eingerückt, zu viert nebeneinander, die
Esplanade gegen feindlichenfalls entgegenkommende Passanten
versperrt. Passabel, n'est-ce pas, das Wetter.

Entracte zwei. Karl auf blondem Roß, von der Postmeisterei die
Esplanade zurück, drei Begleiter zu Fuß, sie winken, lachen,
bleiben stehen, das Roß ist zum Tor schon hinaus, respektive hinein, übern Markt und fort. Denn die nach Nordosten führende
Landstraße beginnt jenseits der Stadt.

Wollen wir etwas essen. Aber wo. Im Schwanen. Nein, nicht unter
Goethes Gesimse. Also, im Elefanten. Dort sollen Reisende
schon *Mortifikationen* des Magens erlitten haben. Je nachdem,
wer den Freitag kocht. Es mag auch munden. So denn. Sonst
belassen wirs bei der Suppe. Retour au marché, in Karls Huf-
stapfen.

Besser Lauch im Becher als Löcher im Bauch.

Tieck schüttelts. Das soll sich gleich legen.

Gut, rüsseln wirs.

Es ist noch früh am Mittag, elf oder etwas darüber. Einzig er-
trägliche Zeit im Gasthof, die Meute schlingt ab zwölf. Schnippelsuppe, elefantische Pflicht. Nichts dagegen, eben eben. Was

trinken wir. Bier, pfui, *Hausmuff.* Allenfalls hinterdrein, süßes Warmbier in Tassen. Besser Bier in Tassen als Schalengetier in Kalebassen. Gibts auch nicht. Warten wirs ab. Was den Hauptgang betrifft, Rostbrätel, in Schwarzbier gewendet, hihi. Ich, Topfbraten vom Schwein. Dazu Sauerkraut, Klöße, ich Ritter vom klebenden Gaumen, fein fichtisch. Seh ich meinen besten Freund auf der Straße, sag ich ich-ich zu ihm. Was soll einer anderes sagen zu sich selbst. Ich Aschkloß mit Backpflaumen, die Novemberlesart. Nein, Barbarossa-Lesart. Im Kyffhäuser sitzt er und soll auf Aschklöße warten. Lebenslänglich. Todeslänglich. Dazu später. Hammelkeule, verkneif er sich das, soviel Bittertropfen sind nicht aufzutreiben, die zweite Apotheke wird erst gebaut. Gammelheule, lokal geschüttelt, nämlich zu kaltem Mehl vergällt, bis der Marqueur sie aufträgt. Meine Herren, wer von unserer herrlichen Art möchte am Ende sich nicht verzuckern lassen, kommt Rat, kommen Diebichen, mit Mohn und Rosinen, auf meine Rechnung. Dazu Kaffee.

Schlag zwölf, sie treten ins Freie, erleichtert, auch die Geldkatze, vielmehr derer zwei, da Tieck freigehalten. Mag er dafür das Rezept seines STERNBALD verraten. Es geht ein Zug zum Roman, heutigentags.

Wer sind wir. Drei Skribler, denen Goethe im Nacken sitzt. Haben wir vorhin die Schwanenseite gemieden, promenieren wir nun vollends gen Mitternacht. Es geht ein Zug zu Herder, wie ich sehe. Was Wunder, wenn sein Intimus uns führt.

O Tieck, zürnen Sie wieder? Um diese Stunde pflegt ein Herder der Häuslichkeit, da müßte denn eine Feuerbrunst ausbrechen. Keine Gefahr, ihn zu sehen.

Außerdem, Ludwig, führen alle Wege im Kreise in Weimar, auch wenn wir hier allerlei Ecken springen, und es fragt sich nur, ob wir letztlich um Goethe den inneren oder äußeren schlagen.

Novalis dixit. Daß wir Skribler sind, kribbelt ferner hier niemanden, an diesem Durchzugsort für komische Vögel, wo man uns höchstenfalls, durch aufgeklappte Läden, aufs Tuch und aufs Schuhleder schaut, nicht auf den Kopf. Ob wir neues brauchen, versteht sich. Da man Kunden braucht, versteht sich. Weimar, ein Ort für Wandel, wie wir wandelnd beweisen. Kein Ort für Handel. Zwiebeln ausgenommen.

In Hofes Nähe – kümmert das Handwerk?

Bis auf die Bäcker. Die Brotbackkunst der Weimaraner wird von den Leuten goutiert. Die Semmeln schmecken. Beim Bratenfleisch hörts schon auf. Sagte mir meine Frau Sattlerin neulich, daß sies mitunter vom Lästerer kauft, vom Dorfe weg. Wegen der Frische. Apropos. Sattler gibts fünf in der Stadt. Dreien gehts schlecht. Bei hundert innerstädtischen Pferden. Das läßt denken. Wo waren wir stehengeblieben. Beim Brot. Gehengeblieben, Am Bornberge. Der Sack Mehl, den Sie eben vorbeigeschleppt sahen, oder übersahen, kommt aus der Bornmühle. Wenn ein Backofen Brotes Mutter ist, nähern wir uns der Großmutter.

Danach dem Urahn Gott, wohnhaft in der Stadtkirche.

Keine Berliner Hast. Derzeitiger Luftstoß plus Lichtschein von links, der uns nachgerade die Zeile verbiegt, heißt erst Breite Gasse.

Breite Gasse, für dürftige Fuhren.

Eh bien. Einer wirkt Strümpfe, einer wirkt Revolutionen.

Wie jetzt das, Bester.

Weimaraner bezeichnet auch eine Hunderasse.

Ist er nicht ein wenig hastig im Ideenverknüpfen, Freund.

Nur unter Freunden. Im Text mal ichs aus. Attention, Pferdeäpfel.

Einverstanden. Noch einen.

Zu Diensten. Die Strümpfe liebten Apolda zu sehre / Blieb Weimar
Apollo und Belvedere.

Und unsereins: Apollist.

Beim Hades. Wir schreiben. Die Weltgeschichte drückt mit ihren
Büchern die unsrigen an die Seite.

Immerhin. Wir säumen die Kanten –

– eines Leichentuchs.

Wissen Sie, Richter, Tieck hat wieder seinen melancholischen Tag.

– und verwechselt die Anfangsbuchstaben. Buch gleich Tuch.

Noch schlimmer. Ich preß Papier zur Schirmseide. Außen prasseln
die Ereignisse dagegen. Drunter schlichen wir und hörten bloß
zu – ach wie gern. Aber der Radius des Schirms reicht nur eben
so weit, daß uns der Bauch nicht naß wird.

Jetzt weiß ich, warum dir die Knie so schmerzen, Lieber.

Die Gicht des Poeten eine Folge der Politik – Poesie, eine Folge
von nassen Füßen – gewiß doch. Der Gang durchs Leben, ein
Über-Rinnsale-Hupfen, ob Weimars schäbigem Gräbensystem,
indessen haben wir zwei Arme der Lotte schon abgehängt und
bis zum dritten Aussicht auf ein paar Schritte fürbaß, durch

trockenen Unrat – Vorschlag an die hiesigen Schuster, Schirm-schuhe herzustellen. Seide taugte zwar kaum als Stoff.

Und die rechte Gasse?

Führt zur Badestube.

Es gibt keinen besseren Führer an einem Orte – als einen Fremd-ling!

Sehr verbunden. Weshalb Goetheschiller, die sich hier selber führen, meine Wenigkeit als *Chinese in Rom* titulieren, *vom Mond ge-fallen.*

Ein Schlitzohr, wer Ihnen Schlitzaugen andichtet.

Danke, Tieck. Weshalb ich lieber diesen Weg gehe, gradaus, zum Haus eines älteren Herrn, wo mir das Herz warm wird. Wie-wohl ich auf dem Frauenplane auch ein wenig heimisch bin.

Man sagts Ihnen nach: im weitesten Sinne –

Voilà. Töpfermarkt.

Sackerlot. Nichts gegen die freie Luft, die uns hier anweht. Oder gegen den Geist, der in dem schönen Chor der Kirche zu woh-nen scheint. Eine andere Welt – als die des Elends. Nicht wahr, Fritz.

Ja, Ludwig. Daß er sich vermehrt, der Geist, nicht bloß von der Kanzel herab auf gesenkte Häupter, dazu mag das Gymnasium dienen, zu dem – wie sinnbildlich – die Schüler jeden Alltags Morgen die Stufen der Freitreppe hinter dem Brunnen hinauf-steigen.

Bravo, Novalis.

Da wir aber weder unter dem einen noch unter dem anderen verweilen wollen – wohin wenden wir uns?

Zum Schweinsmarkt. Links, kommen Sie.

Ihr Überqueren des Platzes glich einem Schleichen, nahe der südlichen Wand entlang, am eingefaßten Bett des nach Richterscher Zählung dritten Lottearmes, welcher, vorn links, aus der Rittergasse entgegenfloß. Jean Paul verscheuchte die Pein, seine Dichterbrüder Tieck und Novalis an der Mittagsruhe des vertrautesten Freundes samt Gattin gleichsam heimlich vorbeizugeleiten. Müßte die Säuernis nicht aufzulösen sein – ein Mißverständnis zwischen Sinnesgeschwistern. Sie tauchten in die gerade nach Abend laufende Gasse zum Eisfeld.

Nun, Weimar ist kein Nürnberg nicht. Wenn schon alt und innig.

Ah – Sternbald erwacht.

Fataliter scheint ein Cranach der Ältere nach einem Dürer nur Nummer zwei, wogegen ein Goethe einem Hans Sachs im Verseschustern durchaus kongenial, wo nicht überlegen, erstens, und zweitens das altvordere Nürnberg womöglich, in den Augen seiner Bewohner, von ähnlichem Schmutze starrte wie unsere urbs –

Stille. Lassen wir Tieck sich ergehen.

Nürnberg – In der Tat fand ichs prächtiger, noch heute, vor sechs Jahren nämlich, als diese rührend zusammengewürfelte Krämer- und Dichterbude. Ists denn wahr, daß wir armseligen Trödel als Staffage ums zerschlissene Kanapee brauchen und suchen, damit unsere um so reichere Innenwelt wie ein Geysir aus dem Plunder hervorschießt? Nein, ich will nicht, daß es wahr sei. Wünsche mir Luxus. Meine Quelle fließt, auch wenn sie golden gefaßt ist. Nun, Nürnberg – Wiewohl so wundersam schön, mußte Franz Sternbald sie verlassen, die trauliche Heimat, den edelsten Meister. Ein Meister ist zum Überwinden da – heiße er Albrecht – oder Wilhelm – Über das Gewinnen eigenen Glanzes durch das Studium fremder Pracht müssen wir drei uns nicht verständigen. Franz bricht also auf. In der Abschiedsszene, wie sein Freund ihn zu den Höhen vor der Stadt hinausbegleitet, wollte ich meinen Wanderungen mit Wackenroder durch Franken ein Denkmal setzen. Nicht wissend, daß das Ganze ein Denkmal für Wackenroder würde. Sternbald wird den Gefährten nicht wiedersehen. Und umgekehrt. Wer da wer sei, ist mir gleich. Beide sind einer. Wozu noch auch eine Heimkehr, an Dürers Grab. Fortschritt ist kein Friedhofsbesuch.

Danke. Die Exposition steht für die Gesamtheit des Werks. Wir haben gelesen. Soeben betreten wir das Eisfeld, nicht des Papiers, nicht das zu befedernde, sondern das zu befüßelnde.

Woher die Bezeichnung?

Schluderei, Abschliff. Früher wars Eichsfeld. Als man oberhalb des Kirchhofs Gericht hielt. Leider unter einer Linde. Slawens Lieblingsbaum.

Die Wenden in Weimar?

Bis zur Ilm solls gerasselt haben. Dann wieder fein deutsch. Wie auch immer, fiel der Baum, wich der Hauch, blieb die Kälte.

Paßt nichts, paßt doch die Jahreszeit.

Wie so hübsch altdeutsch auch die Namen der einmündenen Gäßlein, Tieck. Teichgasse. Wegen eines eingetrogten Tümpels. Rosmaringasse, Wurstgasse. Da wutzelts mich. Wenn wir Beim

Zuchthause knapp vorbei sind, die Scherf- oder Scherfleingasse, vorm Geleitshaus.

Fort, fort.

Geduld. Nach wenigen Ruten folgt die Befreiung, von Ziegeln und Schindeln zunächst, wenn wir im Innern Erfurter Tore stehen, wem sag ichs, Sie sind gewiß hindurchspaziert, gerahmt von Ratsteich und Anna Amalias Garten, mit Blick auf den freiheitlich abgebrannten Schweinemarkt.

Damals wars auch kein erquicklicher Tag.

Tut mir leid, wenns heute wieder keiner würde, aber wir sind noch im Gange.

Sie haben Tieck gekränkt, Jean Paul, da er sich auf ein Dokument seines Lebens besinnt und Sie mit Gassennamen antworten.

Die Gassen sind auch Dokumente – und wievielen Lebens – Dennoch bin ich untröstlich, falls ich wieder zu flackerig war, wissen Sie, Tieck, ich will nur immer aus der Enge heraus, und dann vernestel ich mich – Das sollte ein Sternbald verstehen, der an dergleichen Knotenpunkten im Roman Lieder nestelt – Pardon.

Ein offnes Wort zu meiner Poesie.

Ein offnes Wort – kein abgeschlossnes Urteil.

Merci beaucoup. Ich bin nicht beleidigt. Was dem einen Verse, sind dem andern Idyllen und Schrullen: Rauchmasken gegen die eingeborene Feuerbrunst.

Vorzüglich Weimar eingeboren, gelegentlich durch Thüringer Sündfluten abgelöst. Womit wir beim Punkt und bei der Sache sind.

Voici, le marché des cochons brûlé, vierzig verbrannte Scheunen, ein Feld derzeit wie ein leeres Blatt, auf dem erst ein Initial steht, ein Wort oder Haus solls noch werden, den Namen hats schon: Zum Löwen. Unser Herzog ist manchmal ein Narr, respektive seine Frau Mama eine Närrin. Daß sie ihrer räudigen Stadt die Lizenz einer zweiten Apotheke so lange verweigerten. Logen- und Ordengemauschel? Arzneien werden noch nicht gebraut. Man verpicht erst die Esse.

Der künftige Mensch wird mehr Heilmittel zu sich nehmen als Nährmittel.

Novalissimo.

Und dort rechts hinunter?

Prangt das Anwesen eines Genies, das besser Berbuch als Bertuch hieße. Sie sehen, dieselbe Vertauschung. Sein Industrie-Comptoir – das wir just passierten –, ist ihm zum Verlag geraten. Statt Lampen und Tischdecken werden dort Lichter unter dem Scheffel und Journale verlegt. Er beschäftigt bald dreihundert Kleine – aber die vier Großen wollens so recht nicht wahrhaben. Wir halten uns links, wenns recht ist.

Gehen wir –

Sie gingen. Die Straße, früher Stadtgraben, mit Bäumen bestanden, lief auf das Komödienhaus zu. Schweigen drückte. Zwecklos, etwa nach dem vierten der Großen zu fragen. Wieland weilte in Oßmannstedt. Wohl dem, der dem neuen Jahrhundert in der Gefaßtheit des Alters begegnet. Wir Jüngeren treiben teils das Chaos, teils treibt es uns, Bögen schlagend. Wie bann ich beispielsweise, dachte jeder für sich, uns drei Gestalten aufs Papier, die wir demselben soeben wie erschrecktes Geflügel davonschwirren. Passen wir überhaupt drauf, stürzen einander nicht über die Ränder, aufgeblasene Kehlsäcke, in Konversation ohne Handlung. Oder zappeln wir längst im Graben. Packen uns bei den Händen. Hühnerkralle, Adlerklaue, welche ist meine.

So daß ich, Richter, nicht weiß, ob ich selber, Brut aus den Sechzigern, HESPERUS heiße, Saeculs Abendstern. Ob ich dem Leichtsinn des Deutschen mich darf überlassen, der jenen zugleich für den Morgenstern nimmt. Frau Venus empfängt spät oder früh. Mich eher früh – das heißt späte. Welche Sterne stehen uns ins Haus. Hab ich meine UNSICHTBARE LOGE rüttelnder Fix- und Wandelleuchten nicht zum leserlichen System zusammengezogen. Schlag ichs gerade in titanischen Marmor, um wie ein Menhirkreis, an einer so exakt wie geheim gemeißelten Grenze von Licht und Schatten, den Tag aufblitzen zu lassen. Diese Siebziger Buben an meiner Seite. Einer gebärdet sich alt, sicher wird ers. Weil Kränkliches immer sich schont und hält. Der andere, als ob er jung stürbe. Der muß sein Chaos rascher gebären und als Waise zurücklassen. Er scheint so vollkommen, daß ich seiner vollkommen vergessen könnte vor dem, was da kommt. Lieben Freunde, das Hoftheater! Das macht Weimars Größe aus, daß es das Spiel entschlossen von den Zwängen abhebt! Sehen Sie die letztens verschönerte und erhöhte Fassade des gleichfalls vergrößerten Baues und Bauches – in dem ich Schillers WALLENSTEIN tönern verdaut sah –

Es war, wie wenn sie einen Ringelreihen vollführten, in der Mitte des Vorplatzes, zwischen Musentempel und entlaubten Baumwipfeln über der Herzogin Gartenmauer umherblickend, ihre Ärmel und Rockschöße streiften oder hafteten aneinander, Zeremoniell einer Distanz, die den Kontakt des Kleiderstoffs zuläßt, um jenen der Häute zu meiden.

Wenn uns jetzt jemand in ein Denkmal bildete. So in der Bewegung. Laokoon selbdritt ohne Schlangen.

Sehr passend. Er hofft indes vergebens. Falls einer hier auf den Sockel soll, wird es die klassischen Größen treffen, nicht uns strampelnde Nachhut.

Ein Standbild in einem Zentrum ist anders ein Provisorium, für die Dauer unserer geistigen Blindheit – wir sprachen in Jena schon drüber – und ein zu Stein oder Bronze versteifter Dichter ein Paradoxon dazu, denn wer einen Dichter wahrnehmen will, muß sich seinem Strom vertrauen, das heißt, seine Sprache lesen.

Fürbinsenwahr. Die Sprache ein Strom, in den hineingestiegen wir übrigens doch trockenbleiben, denn jeden Dichters Sprache ist ein anderes Wasser, und nur mein eigenes durchnäßt mich bis auf die Knochen – À gauche, messieurs – Wer wollte mein *prosaisches Silbenmaß* treffen, wes Schnellen und Schnörkeln sollte ich aufsitzen, und schrieben wir alle dieselbe Geschichte – Hier entlang, über den Steg – Weshalb ein Bad in einer Freundestinte doch allemal eine Lektion abgibt. Ohne Sternbald kein Hesperus.

Umgekehrt, Richter. Mein Held war ein Abendsternbald.

Egal, Tieck. Wir schwimmen Jahrhunderts Abgesang und Silvesterpredigt.

Ohne MEISTER wir Stümper.

Kein Zweifel, daß Frauenplan und Gartenhaus an der Ilm unsere Bahnen zu sich herankrümmen – Lassen wir vorderhand das Wittum im Rücken – Voici, l'Esplanade.

Hier ist Karl aufgesessen. Den Weg geh ich heute zum zweiten Mal. Das dritte Mal reit ich ihn. Wir kreisen. Da aber mit jeder Runde, kaum merklich, eine höhere Ebene erreicht wird, entsteht im Raum eine Schraube.

Oje. Wenn aber jede Runde breiter ausfällt als die vorige, entsteht ein Schaumschläger.

Es liegt bei uns. Gegen die Zentrifugale ist dieser Stadtturm gesetzt.

Auch schlepp ich wohl nach, wenn es mich nach allerlei Aufschwüngen notorisch wieder herunterzieht.

Fritz meint nicht Abheben oder gar Angeben, Richter. Er schließt uns nur den allgemeinen Weltenläuften bei.

Wolle Gott, daß sie allgemein seien.

Ein Novalis ist dessen gewiß.

Falsch, Ludwig. Gewißheit wäre Tod vor dem Sterben. Was Jean Paul am Erdboden hält, ist die gleiche magnetische Kraft, die mich von ihm fortziehen will, nachdem ich mich schon ins Grab wie in ein Nest gelegt – Im fremden ward ich nicht geduldet und bis zum eigenen wieder ins Lebenswasser geworfen: Nur der kleinste Teil davon ist tintenfarben. Indes wir Afterreden produzieren, sinn ich auf AFTERDINGEN. Heinrich von. Jede Geburt ist Anfang eines Romans. Das Verhältnis des Gedichts zum Roman ist die Frist, die ein Schwimmer in bodenlosem Gewässer die Hände heraushalten darf, um Winkzeichen zu geben, gegen die permanente Ruderarbeit von Armen und Beinen.

Nur weiter. Sohlen rechtsum.

Meine Biographie, die sich abstößt von Traumes Ufern, bricht durch alle Schichten Klarsinns und Wahns. Erzschächte. Kyffhäusers Erderinnerungsbuch. Liebesmagma. Exzeß der Nüchternheit, beim Studium der Dichtkunst. Am Ende schwebt mir ein stilles, freundliches Dasein vor, geteilt in Ehe und Arbeit.

Wer kennt sein Ende genau, und wer, aus der Liga der Fragmentisten, erreicht es.

Der Tod?

Wohnt immer in Sinnesweite.

Eingeschobene Lieder?

Halten die Handlung nicht auf, sondern verkürzen sie.

Laconica brevitas. Keine Harmonika bravitas.

Sängers Ehrenwort.

Verzeih mir, Fritz. Bin meinerseits geteilt, in Zuspruch und Widerspruch. Wenn eine Geburt der Anfang eines Romans, dann wäre der Roman kein Schwimmen, sondern ein Fliegen. Dieweil wir nicht vom Ufer ins Wasser befördert wurden, sondern vom Fruchtwasser an die Luft.

Wie wünschte ich dir zu fliegen, Lu.

Nach welcher Version wir zumindest als Luftikusse das Innere Frauentor durchschritten hätten und bereits auf dem -plane stehen. Ein Satz mit Hermesstiefeln auf den äußeren Kreis!

Salve!

Wünschen, trefflich gespeist zu haben!

Drei Bücklinge dem Rat!

Heb er sich die bis zum Abend auf!

Von mir einen Böllerschuß!

Attention au éclat des fenêtres!

Rasch ab in die Seifengasse –

Keine Seife wäscht je einen Goethe uns ab.

Lentement, messieurs. Den Grad des Droben-Geladenseins haben
wir drei doch durchlaufen, nur als geballtes Triumvirat poltern
wir gegen die Torpfosten.

Seltsam. Wir sind so verlegen gegeneinander, daß es fast einen
Krampf gibt, aber im Abstoß von geweihtem Podest segeln wir
einträchtig: wie gerupfte Federn.

Auf daß Goethe als nacktes Huhn in der Höhe fortresidierte?
Nein, Bester. Auf einer Promenade rund um den Roman gilt
festzuhalten, daß unter WILHELM MEISTERS Hand die Gattung
mutiert ist, weg von Grusel und Naseweisheit, hin zu unseren
Plänen. Sofern die sich decken. Sie decken sich – wiederum
gegen Goethe. Die THEATRALISCHE SENDUNG endet mit dem
Abschminken. LEHRJAHRE schließen nie und niemanden aus.
Sie möchten nach dem Silvestervorhang erst eigentlich beginnen –

Also kein nacktes Huhn – aber geflaumte Küken.

Sie sind göttlich, Jean Paul. Dennoch auf einem Nebenwege.

Die Seifengasse führt in der Tat vom Zentrum uns ab, dafür
schnurgerade zum Park. Eine Tangente an Weimar –

Berühren und fort! Nicht von der Fülle, nicht von der *Klassizität,*
von einem Mangel wollen wir Jüngeren uns abheben.

Der wäre?

Wie schön, Wilhelms Frauen. Jede ein Seelenreich. Allein wenn,
wie ich denke, die Frauen *im eigentlichen Naturstande* leben, hat
unser Meister diesen Stand nur allzu unverbindlich konsultiert.
Frau Welt, Weib Erde –

Köstlich.

Die Natur läßt Goethe nur selten mitwirken. Von *Landschafts-
phantasie* nirgend ein Hauch. So wird der Schmerz in Bildern
vorgeführt, aber nie im Urbild. Vom Pathos der Erde, Ethos
ahnungslos! Hierin sind wir, im Stil überzwerch, geradezu eine
Trinität der Naturverfechter.

Halt. Frauentränen beiseite, Natur in Not? Gelinde, ein Vorgriff.
Bei allen Dramen der Elemente, derzeit bedienen wir uns aus
unversieglicher Quelle. Weib Erde, mit dem Ego verglichen, eine
Sphäre frei von Kataklysmen. Möge das neue Äon alles verwir-
ren, nur diese Abrede nicht.

Frommer Wunsch. Was ich zeichne, ist möglich. Geschönte Abend-
röte, ein Abschein wirklicher Brände. Stille Flur: Matrize lang-
anhaltenden Friedens.

Magischer Idealismus.

Schlagworte, Schlagringe.

Spricht Tieck aus Berlin, der es wissen muß.

Pardon. Jean Paul aus Kuhschnappel will einen Novalis nicht re-
zensieren noch diesem nachsagen, daß er ein Rezensent der
Natur sei, wenn er ihr schwache Stunden bescheinigt. Eher ist es
zum Schwachwerden, eine Stunde lang neben einem Propheten
zu tippeln.

Was scharwenzelt er da. Nehmen wir unsere Sinne zusammen, um Natur zu erforschen, und ihre Befunde in Kauf.

Ich forsche nicht, ich schöpfe. Aus dem Brunnen der Empirie. Spekulation liegt mir fern. Hypothesen stell ich nicht auf. Nichts weiter will ich, als …

… *der unermeßlichen Schönheitslinie nachblicken, welche mit Efeufasern um alle Wesen fließet – und welche die Sonne und die Bluttropfen und die Erbse ründet und alle Blätter und Früchte zu Zirkeln ausschneidet …*

Was ich Forschen nenne! Hören Sie doch! Tieck zitiert seinen Propheten, den er an Ihnen verloren hatte, Jean Paul!

Vielleicht hält unsere Fratze nicht, was unsere Texte versprechen.

Sie waren in der schmalen Gasse öfter stehengeblieben, hatten die Plätze getauscht, Köpfe im Flüsterabstand, schoben sich wieder voran, ein in drei Stücke zerbrochener, im Siedewasser taumelnder Kloß, die Topfwände Fensterscheiben, hinter denen werweißwer linsen und lauschen mochte, doch jetzt tat die Enge sich auf, wenigstens so weit, daß sie einen Schritt auseinandersprangen, sich anschauten und auf der Stelle laut lachen mußten.

Ei, wo sind wir denn hier. Frau Erde in Kummer, Madame von Stein brüskiert, weil der Himmel sich gen Italien hinweghob, ohne Adieu zu sagen, dreizehn Jahre ists her, kein Stein der Liebe mehr über dem andern, anders, die Liebe nahm vorlieb mit anderen Brocken. Die Dame lebt noch, das Haus steht am Platz, schleichen wir dran vorbei in Andacht.

Schleichen wir nicht, rennen wir mal. Da unten seh ich Natur, wenn auch entblätterte, ich hätte ihr etwas hinzuzufügen.

Tieck vergaß sein Leiden, ihn trieb ein Bedürfnis. Die elefantische Schnippelsuppe hatte, während ihr Schlürfer Weimars namhafte Stationen abspazierte, ihrerseits innen die bekannten Organe durchflossen und drängte zur Mündung. Sieh an, die anderen rannten auch. Rechterhand noch ein Riegel niedriger Hütten, danach zerstreuten die Stimmen des Terzetts sich ins Parkgebüsch, aus dem sie nach einigen Takten beherrschter wieder hervortraten, um zum leisen Akkord am Brückengeländer zusammenzufinden. Darunter kam das Wasser des Schützengrabens geschossen und mischte sich in die strudelnde Ilm.

Lotte, zur vierten. Eher zur ersten. Nämlich ihr Wildwasser, draußen am Entenfang abgeteilt, damit nur der faulere Rest stadtein tröpfelt.

Item. Drei Dichter über einem Bach, der zum Greifen nah, gleichzeitig doch etliche Armlängen weit entfernt, in einen Fluß sich ergießt. Chronische Position. Gestern waren wir sieben nur einen Scheinschritt weiter, insofern der Fluß, in den der Bach heute einkehrt, abseits der Orte selber die Rolle des Baches annimmt, um dem gestrigen Hauptstrom anheimzufallen. Ilm, eine Schwester der Leutra. Saale, Mutter der beiden, Tochter der Elbe, die wir selten, und Meeres Enkelin, das wir nie zu sehen bekommen. Einerlei. Wo eine Ader in die Aorta ihr Blut abgibt, der gleiche Lärm, ungehört.

Drüben, Goethes Gartenhaus. Im Sommer bleibts den Blicken verborgen.

Füllest wieder Busch und Tal ..., geschrieben in eisiger Winternacht. Die Ilm, sagt man, über die Ufer getreten.

Der Meister scheint den Roman zum Karzer der Dichtkunst erkoren zu haben. Kein Nebelglanz irgend. *Mit Stroh und Läppchen ist der Garten der Poesie nachgemacht.*

Wogegen Ihr Afterding, wenn ichs versteh, der Gegängelten den Genuß der Natur zwar zurückgewinnt, jedoch, da dieser voll Wermut, das Strafmaß nachgerade erhöhen soll – mir schwindelt.

Kein Wunder. Wenn einer den Kopf übers Geländer hängt. Sie sollen unserer Zange nicht entwischen und hineinfallen, Richter.

Fünfzehnter November.

Gott schütze.

Gradaus besehen, wollen Sie Goethe erreichen und seinem Roman die Natur hinterherreichen. Samt einer rührenden Apologie ihrer Nachtseite.

Im Winter sieht man die Stämme und Steine genauer.

Erklär dich.

Mein Buch wird mit Sternbald mancherlei Ähnlichkeit haben, *nur nicht die Leichtigkeit.*

Weiteres, Näheres.

Vom Hesperus die Morgenstern-Perspektive. Ihr kennt mich, gespalten. Hab ich doch zwei Romane in Arbeit. Mag sein, daß Heinrich einstreicht, was der LEHRLING ZU SAIS ergründet.

So wissen wir vom Brei nur wieder, daß er heiß ist.

Lassen wirs beim Rätsel.

Der Bach spricht Prosa. Ein Rätsel, breit erzählt, wird zum Märchen. Insoweit die Zukunft ein Märchen ist, wird der Roman der Zukunft sich dem Märchen annähern.

Ein Trugschluß vielleicht? Was ich kenn, das ich nenn.

Was ich seh, kenn ich doch nicht.

Das Märchen vertritt im Romantisieren die Wissenschaft. Indem es permanent auf Fragen gestimmt ist.

O gewiß.

Was von Menschen nicht gewußt oder nicht bedacht ...

Was, wenn wir gingen.

Kleine Seifengasse, retour. Man trabte, schweigend, unter Lippengrimassen, der Mauerputz taubstumm. Was, wenn es Märchen gäbe, die keiner erzählt, nicht kurz noch breit. Weil nicht einmal ihr Rätsel sich enthüllt. Geschweige ihre Lösung. Unser Spaziergang. Aufeinanderlaufen der Wellen im Schützengraben. Zerspringen von Blasen. Taktstriche der Einsamkeit. Knappe Erwähnung in Brief oder Tagebuch. Geschwätz ist keine verläßliche Binde. Es blutet durch. Ehe wir einander vom Papier werfen konnten, ist es unter den Schreibtisch gefallen. Was, wenn wir es aufhöben und die Rückseite beschreiben.

Beim Steinschen Hause wandten sie sich nach rechts, um zum Marktplatz abzukürzen, und überquerten den Schützengraben ein zweites Mal, diesmal vollends, die Brücke war breit genug, daß Wagen passieren konnten, Novalis ging in der Mitte, Tieck rechts, Jean Paul auf der linken Seite, dazwischen wehte nun doch ein Wind, einzelne Regentropfen stiebten. Hier werden wir ruhen, wenn wir nicht mehr zu laufen verdammt sind, sagte Tieck und zeigte zu Anna Amalias Bibliotheksturm hinauf. Hier spielt die herzögliche Musik und Sippschaft, solange der Palast in Asche liegt, erwiderte Jean Paul, mit einer Verbeugung gegen das Fürstenhaus. Die Freitagsgesellschaft à tre hinterließ keine

Spuren im geräderten Sand, sie bog um das Rote Schloß Richtung Erbprinz ein, Novalis sah auf die Taschenuhr und machte prompt langsamere Schritte, daß auch die beiden anderen einhielten und sich umschauten. Es sei erst halb zwei und Ludwigs Kutscher vielleicht nur aus Ungeduld bereits am Platze, um früher daheim zu sein, ohne im Mühltal Laternen entzünden zu müssen. Er selber würde seinem zu mietenden Roß schon eine aufstecken, zwischen Sulza und Weißenfels, beim heutigen Licht. Jean Paul. Die gastlichen Hardenbergischen Eltern seien von Herzen zu grüßen u.s.w. u.s.f.

Apropos, hier hat Bach gewohnt, Johann Sebastian. Er ist auch nicht geblieben.

Ein Bach, der keine Prosa spricht.

Weißenfels, 1. Januar 1800

...

Die frohste Ahndung faßt mich am heutigen Tage – daß dieses Jahr nicht von dannen geht, ohne Dich, Carlen und mich in die glücklichste, häusliche Lage versetzt zu haben ... Ich bin nun Assessor mit 400 Reichsthalern. Noch fehlt meines Vaters Einwilligung zu meiner Zufriedenheit – die ich denn doch bald zu erlangen gedenke – Dann wenn auch Du Bräutigam oder gar Gatte bist, dann wollen wir einmal in Oberschöna – an der Seite unsrer Frauen von den stürmischen und wunderbar düstern Zeiten reden, die dieser Ruhe vorausgingen. Noch vergeß ich die Zeit unsrer erneuerten Freundschaft, unsern Entschluß freiwilligen Abschied zu nehmen nicht ... Der Entschluß bleibt, wie ein Palladium, verwahrt – ein Schatz für die Zukunft ...

AUGUST WILHELM SCHLEGEL
AN JOHANN DIEDERICH GRIES IN GÖTTINGEN

Jena, 12. Januar 1800

*Mein werthester heiliger Dreykönig! Wir haben sowohl Ihr
solides und gerauchertes Gedicht als die scherzhaften und muth-
willigen Produkte der Göttingischen Metzger richtig empfangen,
und beyde mit dem besten Wohlgeschmack respective gelesen
und aufgezehrt ... Was werden Sie aber sagen, wenn ich statt Sie
zu unterhalten, Sie sogleich wieder mit neuen Aufträgen be-
lästige? Das beyfolgende Packet wird Ihnen schon eine finstre
Ahndung davon gegeben haben. Es enthält Bücher aus der
Göttingischen Bibliothek, die Tieck, mein Bruder und ich zu-
rückschicken, wogegen wir die auf den eingelegten Zetteln
angemerkten zu haben wünschen ...*

Jena, 16. März 1800

Sie werden mich gewiß für einen unverbesserlich trägen und wortbrüchigen Correspondenten halten, weil ich auf Ihre schöne Sendung von Büchern nicht sogleich geantwortet habe. Caroline hätte Ihnen auch schon früher geschrieben, allein sie ist seit drittehalb Wochen krank, und zwar noch immerfort bettlägrig. Das Übel fing sich mit einem heftigen Flußfieber an, das in ein Nervenfieber überging. Dies ist überhaupt ein krankheitsschwangerer Winter. Unser Freund Tieck leidet noch immer an seiner Gicht; er kommt zwar zu uns, aber nicht ohne von mir oder meinem Bruder geführt zu werden. Schiller hat die gefährlichsten Krampfzufälle gehabt, die Ärzte hatten ihn schon völlig aufgegeben, er wünscht sie möchten nur noch einige Tage ihn am Leben erhalten, damit er seine Geschäfte in Ordnung bringen könnte, sie geben also Reiz- und Stärkungsmittel, und sieh da, er bleibt glücklich am Leben, und ist jetzt völlig gesund wieder. Man muß sich dieses Mittel sein Leben zu fristen für ähnliche Fälle merken ...

Weimar, 19. März 1800

Zuerst meine Bitte, welche die eines Andern ist. Ein Anderer
wünschte die größere Büste Bonapartes, die man in Berlin
verkauft und welche die Herren Schlegel haben sollen ...

Neulich wollt ich Sie besuchen; da ich aber alles leichter finde als
Wege und Häuser: so fand ich Sie nicht. Ich wollte Ihnen danken
für Ihre Phantasien über die Kunst, die selber Sprößlinge der
Kunst sind. So viele Stellen darin wie überhaupt Ihre Prosa
scheinen mir poetischer als Ihre andere Poesie ... Ich spielte sie
im eigentlichen Sinne auf meinem Klaviere vom Blatte. Die
Musik ist ein Sensorium für alles Schöne; ja unter Tönen fass ich
sogar Gemälde leichter ...

IMPRESSUM

ISBN 3-932545-10-9

Copyright an dieser Ausgabe by Verlag Faber & Faber Leipzig 1998 ... Alle Rechte vorbehalten ... Die Satzarbeiten oblagen dem Atelier für grafische Gestaltung Leipzig ... Als Schrift kam die Stempel Garamond zur Verwendung ... Das Buch wurde bei Thomas Druck Leipzig gedruckt ... Die Bindearbeiten übernahm die Kunst- und Verlagsbuchbinderei Leipzig ... Die Gestaltung lag in den Händen von Frank Eilenberger, Leipzig ... Printed in Germany ...